Les nymphéas

Les Impliqués Éditeur

Structure éditoriale récente fondée par L'Harmattan, Les Impliqués Éditeur a pour ambition de proposer au public des ouvrages de tous horizons, essentiellement dans les domaines des sciences humaines et de la création littéraire.

Déjà parus

Moundélé-Ngollo (Benoît), *Ce n'est pas ça mon combat à moi,* 2018.

Doubey (Rénouka), *Quelque chose dans le ventre, Roman,* 2018.

Cartier (Jean-Michel), *C'est la faute à Rousseau, Comédie philosophique*, 2018.

Peretti (Marie-Laure), *La légende du labrador, À hauteur de truffes, Roman*, 2018.

Lajonchère (Jean), *Les cendres perdues de ma vie*, 2018.

Benamrane (Djilali), *La genèse d'une renaissance*, 2018.

Benamrane (Djilali), *L'infortune d'une épouse éplorée*, 2018.

Bonnel (Lionel), *Le guépard de l'avenue Hoche*, 2018.

Juc (Michel), *Manifeste pour la fraternité,* 2018.

Delécraz (Guy), *Trouver la paix à chaque instant, Poèmes*, 2018.

Ces dix derniers titres de ce secteur sont classés par ordre chronologique en commençant par le plus récent.
La liste complète des parutions, avec une courte présentation du contenu des ouvrages, peut être consultée sur le site :
www.lesimpliques.fr

ORANE

LES NYMPHEAS

Mémoires

Préface de Djayabala VARMA

Les impliqués Éditeur

21 bis, rue des écoles, 75005 Paris

www.lesimpliques.fr
contact@lesimpliques.fr

ISBN : 978-2-343-14274-6
EAN : 9782343142746

À mes Amours,
…mes Animaux, mes hommes.

Préface

Comme l'histoire de cette ville d'Algérie qu'elle aime tant au point d'en adopter le nom en guise de prénom, Orane a connu une vie riche, variée et tumultueuse.

Avec beaucoup de lucidité, de tendresse, un certain humour et une totale franchise, avec le courage que cela implique, Orane raconte différentes vies qui se sont succédées dans sa vie. Elle y a rencontré des moments de joie et de bonheur, mais aussi et surtout un enchainement de pertes, de deuils, de séparations et de nombreuses épreuves douloureuses qui auraient pu la détruire physiquement ou psychologiquement. Mais, chaque fois, elle les a affrontées et surmontées avec courage, sans jamais se plaindre et sans s'apitoyer sur elle-même. Et ces expériences l'ont rendue plus forte. Même dans les situations les plus désespérées, elle est toujours restée fidèle à elle-même, déterminée et guidée par ce besoin de liberté et d'indépendance ainsi que par cet autre fil conducteur de son existence qu'est l'amour, l'amour des animaux, des gens et surtout de son époux, Baroudi. C'est grâce à lui que j'ai eu la chance de la connaître après qu'il m'ait consulté pour arrêter de fumer.

Ces épreuves et cet amour de l'autre ont permis à Orane de découvrir et d'accéder à une nouvelle dimension dans sa vie : celle de la spiritualité pour venir en aide à ceux qui souffrent.

A travers ce témoignage, Orane montre que les épreuves, même les plus dramatiques, peuvent être surmontées et peuvent constituer un puissant moteur pour trouver un sens à sa vie. Je remercie Orane pour ce formidable message d'espoir et d'optimisme qu'elle nous transmet.

Djayabala VARMA
Directeur
Institut Sakti d'Hypnose clinique

Paris, Paris, Paris de ma jeunesse, Oran de mes amours, pourquoi m'avez-vous laissée vivre sans vous ? Que suis-je maintenant sans avenir, riche seulement de mon passé que je m'étais promis d'oublier ?

Mais alors, je n'aurais plus rien !

Cette vie tumultueuse se réduirait à rien ?

Je reviens donc au début de ma vie, pour aimer et souffrir encore.

Il me semble, aujourd'hui, journée triste et solitaire, les vacances du mois d'août ayant laissé le silence derrière elles, que ma vie n'est qu'une succession de dates, d'époques, de déménagements et pourtant tout se résume en deux pays, la France et l'Algérie où les villes ont été Paris, Oran, Semur-en-Auxois, Houilles et Bezons.

Mon histoire commencera par ma naissance. Il vous faudra remonter le temps, car sans ce retour en arrière aujourd'hui ne serait rien.

Le cerveau gagné par le silence vous pèse, il faut trouver l'occupation qui vous fera ne pas perdre pied. J'ai donc eu envie d'écrire le présent, mais aussi le passé et mon crayon et moi n'avons plus fait qu'un. Ensemble nous avons parlé des vivants, des morts, des amours, de l'injustice des hommes et de mon combat pour les animaux, tous les événements qui ont traversé ma vie.

Mes parents m'ayant été indifférents, je suis quand même née d'eux.

Emile, mon père, né dans le nord de la France, n'a eu aucune importance à mes yeux. Avec les années, je m'aperçois qu'il avait des qualités que je lui reconnais trop tard. Il aimait la société, la nature et a souffert d'être sans amis et sans amours. Il était polisseur sur métaux. Je comprends aujourd'hui pourquoi nous visitions les cimetières pleins d'oiseaux, d'arbres, de fleurs et de silence.

Jeanne, ma mère, sans humour, sans joie, sans bonheur, n'en a donné à personne. A douze ans, elle était maraîchère, c'était une excellente cuisinière et une très grande brodeuse, mais elle a fini polisseuse en atelier. Le manque d'amour maternel a fait que je ne me suis pas vraiment sentie une enfant, et n'en ai pas désiré par la suite.

Je m'appelle Marcelle, je suis née le 5 juillet 1928, stupide, timide, empêtrée de ce prénom qui ne m'appartenait pas. Je le dois en effet, à la mort de mon frère, né et décédé avant ma naissance.

Un mystère entoure ma naissance. Pourquoi ma mère est-elle allée accoucher rue de Liancourt, chez une femme dont je ne sais rien, sinon qu'elle habitait près de la porte d'Orléans dans le 14éme arrondissement de Paris ?

Près de cette porte de Paris, il y avait un hôpital spécialisé pour recueillir les enfants dont on ne voulait pas, qu'on voulait abandonner. Il suffisait d'actionner un tourniquet, déposer l'enfant, refermer ce tourniquet et agiter une clochette. Une religieuse venait aussitôt prendre l'enfant et la personne responsable de cet abandon restait inconnue.

Je pense que ma mère n'a pas eu le courage de m'abandonner, et bien que mon père ne veuille pas d'enfant, elle est revenue avec moi, rue Aumaire, à la maison. Je crois aussi qu'elle espérait éponger son chagrin, inutilement d'ailleurs, car je n'ai pas été l'enfant qu'elle désirait, et je lui ai fait certainement penser qu'elle avait perdu un ange et mis au monde un diable. C'est peut-être pourquoi j'ai tenté de faire croire être toute autre que celle que j'étais.

Orane à Clamecy

J'adorais les bohémiennes, le bruit des paillettes de leurs robes et leurs longs cheveux noirs. J'aurais voulu partir ailleurs. J'aime toujours le clinquant, la foule, le bruit. J'ai grandi, peu, certes, mais dans une solitude que j'ai partagée avec mon chat. De là, je pense, la passion que j'éprouve pour ces êtres si mystérieux.

De mes parents, il ne me reste le souvenir que d'un manque d'amour certain de mon père qui ne devait pas concevoir sa vie envahie par la venue d'un enfant, et d'une mère, qui certainement peu aimée par son mari, endurait les déceptions d'une vie triste, solitaire, malheureuse, ce qui me laisse penser que pour garder mon père, elle avait envisagé de m'abandonner, puis n'a pas pu s'y résoudre et m'a ramenée rue Aumaire où ils habitaient. Mais peu importe, il n'y a plus à s'y attarder !

Quand nous sortions du cinéma St-Martin, ma mère me portait dans ses bras, aidée par son amie Hortense, une femme dont elle n'a jamais tenu compte des judicieux conseils concernant mon éducation. J'aimais bien cette femme qui sentait bon la crème Tokalon. Son mari un peu fou était sculpteur sur ivoire.

De mon enfance, je me souviens de l'odeur des oranges vendues dans la salle de cinéma et à la sortie, l'air des grands Bds qui, l'hiver, embaumait le mimosa et la violette vendus par des femmes devant le cinéma de la rue St-Martin. Sur le bitume, l'odeur du papier d'Arménie que l'on faisait brûler pour attirer la clientèle et en vendre. Tous ces petits commerces aidaient à finir une soirée agréable et rare.

J'ai vécu mes trois premières années dans une pièce au premier étage, au fond d'une cour au-dessus d'une salle de bal, dont la musique exaspérait mes parents. C'est également là qu'est né mon premier chat. Il était noir, plus souvent habillé que nu, car il remplaçait souvent ma poupée. Dix-sept années ont comblé nos complicités. Quel est ce préjugé de dire que les chats noirs portent malheur ? Le mien n'a su me donner que du bonheur, tant notre amour réciproque était grand.

A cinq ans je savais lire et écrire grâce à l'éducation qui nous était donnée à cette école pour filles où j'allais. Mais pour accéder à cette école, il fallait monter une rue à pavés glissants par temps de pluie et mes premières révoltes contre la brutalité sur les animaux ont commencé là. Les voitures tirées par des chevaux avaient bien du mal à ne pas reculer et les cochers fouettaient les malheureux pour leur demander l'effort de tirer plus. Malgré mon âge, je m'interposais, au risque de prendre à mon tour le coup de fouet que l'on me promettait. Depuis, j'ai toujours souffert pour tous les animaux, comme dans cette rue de l'Atlas, c'est là aussi que j'ai connu des camarades espagnoles réfugiées de Franco.

Les enfants de mon âge me semblaient sans intérêt, sauf peut-être pour jouer quelquefois à la marelle dans les passages Dupuis, qui étaient sombres. Les parents surveillaient des fenêtres et appelaient leurs gamins respectifs à l'heure de la soupe. On montait à regret les escaliers des vieilles maisons inconfortables. Le jeu était fini.

Moi, j'occupais une alcôve au fond de la salle à manger que ma mère fermait d'épais doubles rideaux qui nous ont suivis dans nos déménagements. Ces rideaux me permettaient de m'isoler, de rêver mieux et d'avoir moins peur d'un bandit dont je pensais apercevoir les chaussures dépassant du tissu. On n'imagine pas le besoin qu'a l'enfant de protection et d'affection. J'ai reçu pas mal de « taloches » souvent injustes qui m'ont toujours fait regretter de n'être pas la fille jolie et gâtée d'une belle dame, douce et parfumée.

J'ai eu, dès ma naissance, l'assurance de ne pas être aimée comme tout enfant le désire.

Ma mère compensait son manque de tendresse par le plaisir de m'acheter des poupées que j'habillais avec des échantillons de tissus qu'elle ramenait du marché, rue de Belleville. Plus tard, j'ajoutais des paillettes, pour que ça brille, comme j'aime toujours !

Des années dures, noires et cruelles qui l'ont fait basculer quelquefois dans le désespoir. Pas longtemps, bien sûr, car il fallait se relever et repartir pour la lutte. Pas de répit, il fallait gagner son pain.

J'ai toujours entendu ma mère se plaindre de tout. Elle n'a jamais su aimer vraiment et cette nature à fait d'elle une crucifiée. Elle était solitaire et aigrie. Mon père, le chat et moi la rendions terriblement malheureuse et nous faisions tout, d'après elle, pour avancer le jour de sa mort. Elle prétendait la désirer tellement que nos efforts pour sa fin auraient dû nous la faire aimer, mais même cela n'a pas trouvé grâce à nos yeux. Je pense qu'elle a vécu une vie invivable !

Mon père aurait aimé vivre moins isolé, il aurait aimé avoir des amis, mais n'étant pas heureux, il s'est réfugié dans le travail.

Tous les ans, au mois de juillet, pendant les vacances scolaires, je partais avec ma mère, et le chat, chez ma grand-mère, à Clamecy. Elle s'occupait de son jardin, aidée par son fils, Alexis, qui vivait chez elle. Il travaillait à la ville, comme charretier, dans une fabrique de charbon de bois. Tous les soirs, il avait droit à la fouille de sa musette, car sa mère lui interdisait de boire du vin, ce qu'il devait faire au travail !

Ma grand-mère habitait à 4 km de la ville, il fallait passer devant le petit cimetière, monter une petite côte, et nous étions à Chantenot, hameau où elle habitait. C'était une femme qui, d'après la photo de son mariage accrochée au-dessus de son lit dans la salle commune, avait dû être jolie comme son prénom, Catherine Elysa.

Ce hameau était animé par la présence d'une écluse au bout du canal qui passait devant la maison. Dès que les chevaux qui devaient tirer le bateau apparaissaient sur le chemin de halage, nous nous précipitions pour voir l'éclusier tourner la grande roue. C'est ainsi que les énormes portes s'ouvraient pour laisser passer l'eau qui permettait au bateau de s'élever, de passer de l'autre côté et de continuer sa route jusqu'à l'écluse suivante. Je dis « nous » nous précipitions, car ma grand-mère était nourrice de l'assistance publique et quand j'arrivais chez elle, je trouvais un ou deux gamins avec qui je faisais les quatre cents coups, et l'écluse nous passionnait et occupait une grande partie de notre journée. Tous les deux ans, on asséchait le canal pour le nettoyer, on appelait ça « la grève », car les bateaux, évidemment, étaient au repos. Rien ne nous plaisait autant que de patauger dans la vase nauséabonde, mais si douce à nos pieds. Nous trouvions des trésors que nous ramenions à la maison, à la grande colère de ma grand-mère qui mettait aux ordures les cafetières, les bols ébréchés et toute sorte de vaisselle jetée par les mariniers. Nous étions, nous aussi, en colère de la voir jeter tous nos trésors et elle nous promettait des punitions qui n'arrivaient jamais.

Souvent nous passions aussi au petit cimetière pour chaparder les couronnes mortuaires et en enlever les perles pour faire des colliers ou des bracelets et surtout prendre les petits anges que nous décrochions des croix pour orner notre chambre.

A côté de l'écluse, on avait bâti une jolie maison. Elle appartenait à trois sœurs qui habitaient Paris et qui venaient assez souvent en voiture, que l'une d'elles conduisait. J'étais pleine d'admiration pour cette femme jolie, élégante. Elle s'appelait Francine, avait une voix grave et chaude qui m'émerveillait. Je l'aimais !

Pendant ces vacances, ce qui ponctuait les jours de la semaine, était le passage des commerçants de la ville qui venaient ravitailler les clients éloignés et souvent très âgés.

Le boulanger passait tous les deux jours et l'épicier, le boucher et le charcutier une fois par semaine.

J'aimais particulièrement sentir les odeurs du vinaigre, qui embaumaient la voiture de l'épicier. Et puis, tous les quinze jours, un triporteur de la marque Kalifa, qui proposait des boîtes de café et de chocolat. Ce n'était pas la marchandise qui nous intéressait, mais trouver dans les boîtes les images qui nous manquaient pour compléter un album publicitaire dont on nous avait fait cadeau. Jusqu'au jour où pour rentrer à l'école, je laissai pour l'année suivante le plaisir de coller les images. C'était le retour à Paris, à l'école, enfin, chez moi !

Une année, ma tante Germaine, avait recueilli un renardeau errant sur la route. Elle l'avait élevé et l'avait confié à ma grand-mère pour un temps. Mais dans le jardin où il vivait, il avait creusé un énorme trou pour y enterrer tout ce qu'il pouvait voler, notamment les sabots, les chaussons ou une poule imprudente. Au grand désespoir de ma tante, ma grand-mère s'en est séparée, ce qui a provoqué une rupture entre la mère et la fille et un grand regret pour nous de ne plus pouvoir jouer avec lui pendant les vacances.

Après mon certificat d'études, je ne suis plus allée à Chantenot, car j'ai commencé à travailler. Je n'ai revu ma grand-mère que quelques jours avant sa mort. Son médecin nous avait prévenus de la gravité de son état et nous sommes allés la voir pour la dernière fois, le jour de sa mort.

En 1936, à Paris, place de la République, les ouvriers se révoltent, cela deviendra sanglant. Les hommes se battent pour obtenir huit jours de congés payés et la semaine anglaise (ne pas travailler le samedi après-midi). Accordés par Léon Blum, premier ministre de l'époque, mais au prix de beaucoup de sang, surtout celui des chevaux de la garde républicaine, auxquels on tranchait les jarrets.

Orane avec une de ses poupées à Clamecy

Pourquoi faut-il que nous ayons besoin d'animaux pour régler nos différends alors qu'ils n'ont rien demandé ? Par lâcheté, par indifférence de ce qui peut leur arriver ! J'étais jeune, mais je n'ai jamais oublié ce dont sont capables les hommes !

Les magasins que nous fréquentions étaient des grands magasins comme la Samaritaine. Mes parents y achetaient leurs vêtements de travail. Au moment des fêtes de Noël surtout, le magasin embaumait le chocolat et le sucre dont étaient faits les Jésus couchés sur leur petit lit de paille. Il y avait au dernier étage des animaux à vendre, des chats, des chiens, des oiseaux et même des serpents qui étaient vendus au mètre, ce qui m'avait affolée, car je pensais qu'on les coupait à la longueur voulue. Je ne voulais donc plus monter à ce dernier étage qui me faisait souffrir. Maintenant la Samaritaine n'existe plus en tant que magasin, on a renvoyé tous les employés, et on attend quoi ? Personne ne le sait !

Pendant mon enfance, j'ai souvent entendu dire par ma mère, et les voisins : « Fais attention aux Algériens ». Cette phrase ridicule a dû me rapprocher d'eux, peut-être par curiosité, pour savoir pourquoi.

J'ai vécu quarante-neuf ans avec celui dont je devais me méfier, et je n'ai pas encore compris pourquoi.

J'ai aussi vécu cinq ans, avec Michel Dahomé, un Antillais. Je l'aimais trop et exigeais trop de lui, tellement indépendant, épris de liberté, ce que je n'ai pas compris.

En un mot, je n'ai pas peur des étrangers et la suite des évènements le prouvera.

N'ayant plus trop d'avenir et de ce fait, rien à dire, je repars vers le début de cette vie difficile.

La guerre

En 1939, à la déclaration de la guerre, mon père fût appelé à l'armée. Ce fut un grand soulagement de me retrouver seule avec ma mère. Plus de scènes, plus de reproches, la paix grâce à la guerre ...

Mon père fut fait prisonnier de guerre en 1941 dans l'est de l'Europe, chez des paysans. Il mangeait à leur table, chichement, car tout était réservé à l'armée. Après sa libération pour raison de santé en 1943, il a gardé des relations avec ces gens qui l'avaicnt bien traité.

Ce qui fut plus terrible, c'est l'exode, tous ces gens qui partaient, on ne savait où, avec les matelas entassés sur les voitures ou sur les charrettes tirées par des chevaux, tout ça pour être mitraillés par les avions allemands, et en fin de compte revenir d'où ils étaient partis, les vivants tout du moins !

Les mairies avaient installé des refuges bien précaires dans les caves. Nos fenêtres étaient peintes en bleu pour éviter que les avions sachent où était Paris. Une protection bien légère !

La gare du Nord, qui était une gare de marchandises à l'époque, était souvent la cible des avions anglais.

Quand les sirènes annonçaient l'arrivée des avions anglais sur la gare de triage près de chez nous, j'espérais que l'alarme durerait assez longtemps pour que je n'aie pas à me lever pour aller à l'école !

J'en conclus que j'étais paresseuse, mais assez inconsciente pour ne pas avoir peur des bombardements de la gare du Nord. Tout comme ma mère d'ailleurs !

La table était maigre pour tout le monde. Tout était réservé à l'armée. Nous avions tous nos cartes de rationnement et bizarrement ma mère avait droit à un litre de vin par mois, que nous échangions contre du pain. Un jour, ma mère, sa cousine Gilberte et moi errions à la recherche d'un peu de nourriture, car nous avions faim. Nous avions quitté la rue Aumaire pour nous diriger vers la République, où, peut-être, allions-nous trouver quelque chose, et en effet, un vieil homme avait installé sur le trottoir un torchon, et sur ce torchon, quelques carottes. C'est à ce moment là, qu'une estafette allemande déboula de l'avenue de la République, suivie des troupes à bord de camions. Après un instant de frayeur, nous avons été rassurées de voir qu'ils défonçaient les rideaux de fer des boutiques, ce qui nous a permis de nous ravitailler et enfin manger.

En 1941, j'étais dans une école de préapprentissage, étant trop jeune pour travailler. J'avais appris qu'à l'Ecole Normale où je devais être admise pour, peut-être, devenir professeur d'histoire, je n'aurais pas le droit de me maquiller, j'ai refusé tout de suite d'y être inscrite. Comme j'aimais réaliser des robes pleines de broderies et de perles pour mes poupées, j'ai décidé d'être couturière, ce qui à l'époque était un métier très couru, car le tout fait n'existait pas.

Il existait un parc d'attraction, Luna Parc, à la place du palais des congrès actuel. Pendant l'occupation, c'était à peu près le seul endroit concédé par l'occupant pour jouir un peu du dimanche. Nous descendions à la station « Porte Maillot » mes amies et moi, et pour très peu d'argent, nous faisions un tour de manège qui nous faisait oublier le reste. A la libération, on l'a détruit pour une place, et un peu plus loin la construction d'un théâtre, le Palais des Congrès. Je pense que ce petit parc a été très important à cette époque difficile. Je suis également allé une fois au vélodrome d'hiver qui en juillet 1942, est devenu le centre de l'horreur. Il était assez grand et l'idée que l'on ait entassé des milliers de malheureux m'était insupportable, d'autant plus que mon amie Hélène Zakaz son petit frère et ses parents faisaient partie de la « Fête ». Tous les jeudis, j'allais passer l'après-midi chez Hélène où tout le monde s'aimait et c'est en arrivant un jeudi en début d'après-midi que j'ai assisté, impuissante et horrifiée, au départ d'Hélène et de son petit frère qui hurlaient en montant dans le camion allemand, seuls, séparés de leurs parents qui ont été emmenés peu après dans un autre camion.

Hélène, j'ai écrit pour toi seule une page où je te dis comme j'ai compris votre souffrance, et comme plus rien n'a été comme avant dans ma tête. Tu vois, tant d'années après, je pense à toi, et cela me rapproche des étrangers que beaucoup méprisent. Vous avez été la première vraie famille que j'ai connue, je ne l'oublie pas. Je pense à toi.

Hélène, quels chagrins, quelles souffrances as-tu connus, as-tu pensé à moi pour que nos pensées se croisent ? Que sont devenus ton frère, ta mère si aimante et ton père si courageux ? Je ne vous oublierai jamais, moi qui ai assisté impuissante à votre départ dans les voitures allemandes. J'ai connu chez toi, Hélène, la chaleur d'un foyer, où tout le monde s'aimait avec beaucoup de bonheur et qu'on vous a cruellement retiré et dont moi-même, j'ai été arrachée. Je n'ai plus eu que l'indifférence de ma mère et de mon père face à ma souffrance et mon chat à aimer pendant ses dix-sept ans de vie.

L'APPRENTISSAGE DE LA VIE

J'ai commencé à travailler chez Marcelle Perrier, rue Washington, métro Georges 5, et cela m'a permis d'avoir des privilèges, durement payés d'ailleurs. J'ai connu le restaurant Georges V, même si ce n'était que pour aller chercher des restes de repas pour le caniche royal de ma patronne, bonne cliente du restaurant. Toujours pour le chien, je prenais les fameux vélos taxis pour l'emmener chez le vétérinaire ! Et puis tous les matins, j'avais le plaisir de sentir l'odeur du parfum de madame Perrier, *Shalimar*, qui embaumait autant son appartement que l'atelier dans lequel nous travaillions. Cela faisait oublier la dureté de la vie. Je travaillais de sept heures jusqu'à dix-neuf heures.

Très jeune, les hommes m'ont attirée. Mais certains plus que d'autres !

Rentrant de mon travail par le métro dans un wagon surpeuplé dans lequel je me suis trouvée serrée contre un homme, jeune, grand avec une merveilleuse odeur de cuir sur lui, une odeur animale qui me grisait. Nous nous sommes souris et sommes descendus à la même station, « République ». Il me donna rendez-vous pour le lendemain près de la rue St-Denis dans un petit hôtel. La patronne hésita vu mon jeune âge !... mais nous nous sommes retrouvés ensemble, il m'a pris dans ses bras, je n'avais pas peur, avide de tout connaître. Il était garde républicain, ce qui explique l'odeur du cuir et du cheval.

A cette époque, pendant l'occupation, l'apprentissage des jeunes filles ne se bornait pas à la couture, tant mieux d'ailleurs. Je faisais le ménage de l'atelier, j'étais à la disposition des ouvrières, aussi vite que possible.

Le matin, je commençais par sortir le chien, puis je préparais le petit déjeuner que je servais au lit à ma patronne et à l'officier allemand, son amant. Ces tâches terminées, je faisais enfin de la couture !

Aussi, après une petite année, ai-je cherché une autre place de « vraie » apprentie. Je l'ai trouvée rue de Valenciennes, à la gare du Nord, chez une folle, Madame Letellier.

Cette femme a profité, comme beaucoup de Français, de la politique anti-juive qui leur a permis de dévaliser les appartements, piller ce qui était toléré par les Allemands, qui étaient bien plus attirés par les grandes œuvres. Avec l'aide de son amant, nous n'avons jamais manqué de fil, de tissus de toutes sortes, et pas d'insultes non plus, à mon égard et celui d'Irène qui travaillait avec moi. Lorsque le peigne d'Irène tomba sur un vêtement qu'elle était en train de repasser, Madame Lettelier était là pour lui hurler « Salope, tu n'es pas là pour te coiffer, tu es là pour travailler. »

Un jour, elle est sortie pour acheter du fil aux Galeries Lafayette pour la robe d'une cliente. Irène et moi, nous nous sommes aperçues qu'elle avait oublié de prendre l'échantillon pour la couleur. Nous ne savions pas quoi faire. Aller le lui emmener et se faire insulter devant tout le monde ? Ou faire semblant de ne s'être aperçu de rien ? Dans les deux cas, les insultes seraient au rendez-vous. Nous serions accusées d'incapables et de paresseuses, profitant de toutes les occasions pour ne rien faire. Nous avons décidé de profiter de ce moment de tranquillité jusqu'à ce qu'elle arrive comme une furie. Et nous avons eu droit à toutes les insultes du catalogue Lettelier. J'ai appris par une amie qu'elle ne cessait de répéter à la vendeuse : « Vous allez voir qu'aucune de ces deux salopes ne viendra !»

Elle avait installé sa machine à coudre devant la fenêtre, ce qui lui permettait de voir ce qui se passait dehors et elle pédalait à la vitesse d'un sprinteur. Et moi, je rêvais de la voir passer par la fenêtre pour ne plus revenir...

Quand à sept heures, je montais les quatre étages, c'est comme si je montais à l'échafaud. Jusqu'au jour où exaspérée, je lui ai jeté à la figure le travail que j'étais en train de faire, et je suis partie pour ne pas revenir.

J'ai retrouvé une autre place, chez Madame Solange, au 33, rue Montmorency. Elle habitait un appartement au 3ème étage qui lui servait aussi d'atelier. Elle m'a bien fait exécuter ce que je savais faire, même les petits essayages, car elle sortait souvent et je recevais les clientes. C'était une jolie femme, une patronne agréable, qui m'a permis par ses conseils, de me décider à me mettre à mon compte dès que possible, ce que je fis par la suite.

J'avais commencé depuis peu, quand j'ai reçu la visite d'une femme, naine, très élégante accompagnée de son mari, un beau jeune homme. Il était danseur, et se produisait dans un cabaret de travestis, rue Pigalle à la Rose Rouge, une boîte de nuit de classe. Il avait besoin de trois tenues de scène, dont une robe à volants de toutes les couleurs. J'étais ravie d'être introduite dans ce milieu, car j'ai pu réaliser de très belles tenues et rencontrer des hommes pleins de fantaisies et de talents. Un autre garçon nommé « Violette » passait également au Frou Frou, Bd Edgard Quinet, une boîte moins chic, mais présentant plus de variétés, et possédant une piste de danse pour les clients.

Dans l'immeuble de Madame Solange, je croisais souvent le locataire du 4ème étage. Un homme au physique agréable, avec une voix grave et très cultivé, Lucien Tardi. Il se montrait très aimable avec moi. Un jour, il m'a invitée chez lui, m'a fait visiter son bel appartement et il m'a fait part de son métier, sculpteur sur médailles. Nous nous sommes revus, puis sommes devenus amants. Et j'ai quitté mes parents pour vivre avec lui.

L'INDÉPENDANCE

En 1944, la « fameuse » libération est arrivée grâce aux Américains. Nous l'avons fêtée ensemble à la Mairie du 3ème arrondissement de Paris. Le lendemain de la libération, les comptes se sont réglés : cheveux rasés pour les malheureuses femmes qui avaient commis le crime d'aimer un vainqueur, la détention ou la mort pour ceux qui avaient eu des relations amicales avec l'occupant.

Rue Chapon, j'ai eu le « privilège » de voir fusiller contre le mur d'une école, deux hommes qui travaillaient dans un hôtel rue Beaubourg. L'un était à la réception, l'autre faisait le ménage. Cet hôtel avait été réquisitionné par les Allemands et il a été considéré comme un crime de rester travailler là où ils avaient toujours été employés.

Quelle leçon tirer de cette matinée ?

Que les hommes sont fous, que la mort des autres ne leur fait pas peur. La leur oui.

Les déportés encore vivants ont été libérés par les Américains arrivés les premiers en Allemagne. Ils ont pu retrouver un peu de leur passé, mais rarement des amis, ou de la famille disparue à jamais.

La vie a repris lentement, difficilement. Le bonheur a été très long à revenir, beaucoup d'injustices ont été commises. La fin de la guerre ne nous a pas apporté l'abondance. Nous avions moins de restrictions, mais il fallait passer encore par le marché noir pour se nourrir normalement, ce qui n'était possible qu'aux plus riches. Lentement la nourriture s'est améliorée, mais en 1946, l'année de la naissance de ma fille, c'était encore le rationnement.

Lucien était un homme plein de savoir dont il m'a fait profiter. Il m'a présentée à Maurice Thorez dont il était l'adjoint. Cet homme était dirigeant du Parti communiste français. Les communistes ayant été arrêtés et conduits dans les différents camps de concentration pendant la guerre, ils étaient appréciés du peuple et considérés.

Maurice Thorez, pour faire plaisir à Lucien mais aussi parce qu'il a dû me juger assez responsable, m'a fait entrer dans une cellule communiste du quartier en tant que secrétaire. Puis, il m'a fait inscrire à l'école des Députés, Bd Hausmann. C'était très intéressant, mais hélas ma grossesse m'a rendue tellement malade, que j'ai dû cesser toute activité politique, me guérir, accoucher et élever ma fille.

Quelque temps après l'accouchement, j'ai eu envie d'aller danser, de vivre ma vie de jeune femme et j'ai quitté Lucien.

Je suis allée provisoirement chez ma mère avec ma fille et le chat. J'ai quitté ma vie sage pour une vie de folies, de danses et de rencontres. Ce que j'ai fait très longtemps d'ailleurs… trop longtemps !

Orane et sa fille à Paris

La visite de la princesse Elisabeth, en 1948, me donna l'occasion de connaître les courses de chevaux, notamment les Dragues.

Madame Lyang, une cliente mariée à un Chinois me demanda de lui rendre le service de servir de cavalière à un ami de son mari venu de Chine seul. Pour la circonstance, je fis l'effort de me confectionner une très jolie robe noire, mais je l'avoue, très décolletée. La robe était belle. Ce monsieur semblait agréable, mais ne parlait pas le français et moi évidemment pas l'anglais. La princesse était charmante, simple, souriante. Pour moi cela ne représentait pas une importance énorme et je m'ennuyais plutôt.

Enfin, le soir est arrivé et nous sommes allés dîner à l'hôtel Ritz, de grande réputation avec beaucoup de décors et de personnel très stylé, mais à mon avis, la qualité de la nourriture était très relative et ce ne sont pas les cinq maîtres d'hôtel qui nous entouraient qui amélioraient le dîner.

J'ai fait la connaissance de Francis chez ma tante Germaine. Il était cuisinier, plein d'esprit et avait beaucoup de copains dont un ami barman. Nous passions son jour de repos chez cet ami qui tenait un bar américain et qui nous faisait goûter toutes sortes de cocktails, tous délicieux. Tous les dimanches, nous allions en bande, passer la journée sur les bords de la Marne, dans les guinguettes où l'on pouvait manger des frites, des moules, boire de la bière, et bien évidemment danser ! On allait souvent chez Gégène, un homme âgé et sans-façon. Il nous aimait bien et nous aussi nous l'aimions. Francis était l'animateur. Le soir, le retour du bal se faisait dans les trains à charbon, les bras chargés de lilas et la joie d'avoir passé un jour heureux qui promettait que le dimanche suivant serait le même.

Où est ce temps-là ?

Nous sommes beaucoup sortis, et puis Francis a été appelé pour faire son service militaire au Maroc pendant six mois. Pour que je ne l'oublie pas, il m'a offert un bébé caniche royal noir que j'ai nommé Wango, qui était le masculin de Wanga, la chienne d'une de mes clientes. Je me suis retrouvée seule avec le chien.

Deux mois après, je suis allée au dancing le Mikado Bd de Clichy où j'ai fait la connaissance de Jean Chiaroni, fils d'un Colonel de l'armée coloniale et responsable du bagne de Poulo Condor. Nous sommes rentrés en marchant jusqu'au Pont de Neuilly et nous nous sommes quittés en nous promettant de nous revoir.

Jean avait été élevé chez les Jésuites, à Marseille, ce qui ne l'avait pas préparé à faire le fou comme Francis. Mais nous nous sommes bien entendus quand même.

La semaine s'est passée et il m'a invitée chez sa mère qui habitait porte de la Chapelle avec sa sœur, Lucie, chanteuse de charme. Elles m'ont très bien reçue et encore maintenant, des années après je suis toujours en contact avec Lucie. Jean, qui avait aussi une très belle voix n'avait pas le courage de se lancer dans le chant, il comptait beaucoup sur sa sœur, mais c'est un métier où il faut se battre, et ne compter sur personne, ou presque. Le père était mort et elles vivaient assez difficilement dans un petit deux pièces, ce qui m'avait étonnée, vu leur condition.

Nous avons vécu, Jean Chiaroni et moi dans des chambres d'hôtel, ce que nous pouvions trouver à cette époque. A ce moment j'ai laissé ma fille et le chien à ma mère, ce qui lui a permis de quitter son métier de polisseuse sur métaux comme mon père.

Orane, Francis et un ami à Paris

Mon fils

Nous avons eu un fils, Jean-Baptiste qui, malheureusement, avait de graves problèmes de santé à cause de la rubéole que j'avais contractée pendant ma grossesse. Mon fils est né aveugle. Lorsqu'il est né, on le croyait en très bonne santé. Ce n'est qu'à cinq mois que j'ai aperçu dans l'œil gauche un éclair anormal. Nous avons consulté un médecin, puis un autre, enfin un professeur qui nous a envoyé au Docteur Jourdy à l'hôpital Necker, l'hôpital des enfants malades qui à la consultation a craint une sorte de tumeur, mais voulant en être certain, il décida une énucléation. Il m'a appris ça sans aucun ménagement ! « Vous me laissez votre enfant maintenant ou vous me le ramenez demain matin ». J'ai pris mon enfant et je suis rentrée à la maison, la mort dans l'âme.

Le lendemain matin, j'ai ramené mon fils à l'hôpital et je l'ai remis à une religieuse très jeune au visage d'ange, elle m'a pris mon enfant tendrement en me souriant. Je suis partie désespérée, mais un peu rassurée de le savoir dans les mains de cette jeune femme.

Ce fut terrible pour nous, d'autant plus que notre enfant dépérissait de jour en jour. J'ai essayé de faire soigner mon fils pour qu'il voie par un guérisseur qu'une cliente m'avait indiqué, Monsieur Rosuel à Valmondois. Ce guérisseur n'a jamais appelé mon fils Jean-Baptiste, me disant que Pierre aurait dû être son prénom. Il nous a promis qu'il ne mourrait pas, mais que notre tort était de lui avoir donné ce prénom qui n'était pas pour lui. Il l'a toujours appelé Pierre. Depuis, je suis très sensible aux prénoms qui, je le pense, sont responsables de notre destin. Une vie difficile a commencé, les ennuis d'argent, le manque de bonheur. Jean qui cherchait une vie facile n'était pas en mesure de m'aider dans cette grande épreuve.

Quand Jean-Baptiste a eu 8 ans, il a été admis à l'école des jeunes aveugles où il a été un brillant élève. Il est devenu un excellent musicien aimant particulièrement le jazz au grand dam de son professeur. Il était dans la même classe que Gilbert Montagné, mais ne le fréquentait pas. Notre dernière joie a été d'entendre ensemble « La chanson Gitane », un morceau merveilleux au violon joué par Yehudi Menuhin. Depuis, c'est très dur de l'entendre seule.

L'école des jeunes aveugles était mixte. Jean-Baptiste y a rencontré Maryse, une jeune fille de son âge malheureuse et très triste de cet état. Les garçons réagissant mieux à cette situation, il lui a tout appris : à se diriger dans la rue, à faire les démarches administratives qu'elle devait faire. Il l'accompagnait, bien sûr, mais la laissait s'expliquer elle-même.

Lorsqu'il a commencé à travailler, il a été secrétaire d'un vieux monsieur, au ministère des Finances, dirigé par Philippe Seguin à l'époque. Il a trouvé un appartement rue Claude Velfaux, où il vivait seul mais heureux. Il avait fait louer un appartement à Maryse dans le même immeuble. En peu de temps, elle a changé, a pris confiance en elle et je crois qu'elle l'a beaucoup aimé. Ils sont partis ensemble en vacances à Avoriaz à la neige. Mais elle n'a jamais pu l'accompagner à Oran quand il y venait en vacances.

Une amie de ma tante m'a proposé la gérance d'un hôtel rue Vicq d'Azir. J'ai accepté avec joie. Nous avions enfin un toit et une situation. Mais la propriétaire était très sévère. Pas d'enfants, pas de chiens, pas de Noirs, la lumière coupée aux lueurs du jour, remise à la nuit. Inutile de dire, que n'étant pas très obéissante, aucun de ses ordres n'a été exécuté. A l'exception de mes enfants et du chien que j'ai confié à ma mère.

Aussi, quand Michel Dahomé, un Antillais beau et noir est venu me demander s'il y avait une chambre, je n'ai pas hésité. Il a été l'ami de mon mari pendant cinq ans. Ils étaient tous les deux musiciens et jouaient beaucoup ensemble. Michel était un homme irrésistible, plein de charme, grand et fort, BEAU. Beaucoup de femmes venaient passer la nuit avec lui, mais je n'y voyais aucun inconvénient. J'ignorais ce qui m'attendait…

La sœur de Jean dont le nom de scène était Lucie Dolène m'a permis de faire la connaissance de quelques artistes. J'ai connu les loges de la Gaîté Lyrique que Lucie partageait avec Luis Mariano. Ils jouaient dans une opérette. Après le spectacle, Lucie et moi allions dans des cabarets où elle se produisait, au Drap d'Or, à l'Echelle de Jacob, et quelques autres. C'est dans ces loges que j'ai commencé à me maquiller les yeux en noir, car je faisais très visage pâle à côté d'eux.

Ma vie de couturière me permettait de travailler pour de grands couturiers à domicile, non déclarée et mieux payée. Marcelle Perrier rue Washington, à l'Etoile puis chez Mr et Mme Guy rue St-Honoré, un travail difficile, mais merveilleux. La patronne avait une grande confiance en moi.

C'est pour cela que je fus choisie pour confectionner la robe de mariée de Joséphine Baker qui s'unissait à Jo Bouillon. Elle avait choisi pour cette cérémonie une robe en mousseline blanche garnie de tout petits points noirs, sur un dessous de satin blanc. La robe terminée, il ne restait plus qu'à enfiler les baleines et à les couper à bonne mesure, mais je me suis coupée la main et la robe a été envahie de sang. Jean a eu l'idée géniale de tremper la mousseline dans une bassine d'eau froide et tout le sang est resté au fond. Mais il a fallu que je passe la nuit à réparer la catastrophe en repassant la robe, redrapper et remettre en forme. Mon sang a-t-il porté bonheur à la mariée ? Nous avons travaillé aussi pour la Comédie Française proche de la maison de couture de la rue St-Honoré.

Jean avait un ami, Jean-Michel, venu à Paris pour suivre des études dentaires. Ayant une voix rare, magnifique, il cherchait le conseil de quelqu'un qui l'aiderait à se lancer dans le métier du spectacle pour lequel il était prêt à abandonner ses études de dentiste. Il nous a dit vouloir l'avis d'Edith Piaf. Nous vivions toujours à l'hôtel Vicq d'Azir qui avait un téléphone qui m'a permis d'essayer de joindre Edith Piaf au Drap d'Or où elle se produisait. Je ne pensais pas obtenir un rendez-vous, mais sa secrétaire m'a dit « Madame Piaf est en scène, ne quittez pas, elle sort dans un moment. » Un instant après, j'ai eu le bonheur d'entendre sa voix me dire : « Oui, que voulez-vous ? » Je lui explique ce qu'on attendait d'elle : « Sans problème, oui bien sûr, venez chez moi demain matin, pas trop tôt, je vous attendrai ».

En effet, quand nous sommes arrivés vers onze heures, elle nous attendait en peignoir bleu, des bigoudis sur la tête, chaleureuse et pressée d'entendre la voix. Jean et son ami avaient leur guitare et nous avons entendu un « Chevalier du ciel » merveilleux. Piaf nous a dit « Il y a longtemps qu'une voix ne m'a pas fait pleurer. Je vous emmène en tournée avec moi, mais promettez-moi de lâcher vos études de dentiste. » Ce fut un grand jour pour moi.

La gérance du petit hôtel de la rue Vicq d'Azir a été un grand tournant dans ma vie. Je suis devenue une autre. J'ai connu Michel Dahomé, Edith Piaf, des gens très importants qui ont enrichi ma vie.

Jean étant Corse, nous avons été sur cette île de beauté, oui certainement, mais aussi île cruelle. Mes vacances ont toujours été difficiles à supporter. Les habitants descendaient les troupeaux d'animaux à abattre sur la place du village où ils les suspendaient par les pattes à un énorme arbre afin de les éventrer. C'était un spectacle où je souffrais peut-être autant que ces animaux en entendant leurs cris de souffrances. Jean était très dépensier, je cachais donc l'argent que je changeais de place tous les jours afin qu'il ne le trouve pas. Mais un jour, j'ai trouvé ma cachette vide, l'argent avait disparu. Je me suis alors précipitée au café ou il jouait aux cartes pour lui demander de me dire où était l'argent. Devant sa surprise, je suis entrée dans une telle colère que nous nous sommes battus devant Tzi, sa vieille tante qui le suppliait de me rendre l'argent, quand soudain, dans un éclair de lucidité, je me suis souvenue l'avoir changé de place la veille. Je n'ai jamais rien dit, continuant à l'incendier, et depuis 1953 à ce jour je n'ai jamais avoué, d'ailleurs, on le dit « n'avouez jamais »...

Une cliente travaillant dans l'immobilier me proposa un petit logement rue Mathis près du métro Crimée. Il se composait d'une petite entrée, d'une petite cuisine, et d'une pièce dont les fenêtres donnaient sur une grande cour. Bien sûr je n'ai pas hésité, j'ai démissionné de la gérance et nous avons emménagé très vite. Ce fut mon dernier logement avec Jean. Nous avions acheté des meubles et bien décoré la pièce où je recevais mes clientes avec bonheur.

Jean partait tous les ans en vacances disant « ce n'est pas parce que nous ne pouvons pas partir à deux, que je suis obligé de me priver de vacances ». Il chargeait Michel Dahomé de s'occuper de moi, son cabinet dentaire était à St-Leu-la-Forêt et il venait à Paris tous les samedis. Nous dînions chez moi ou au restaurant, puis nous nous quittions.

Restant à Paris et ayant peu de clientes, beaucoup étant parties en vacances, je dépensais le peu d'argent que j'avais pour gâter la chatte. Aussi mes repas se composaient de pain, de beurre et de café. C'est toujours mon alimentation actuellement, 50 ans après. Un jour, ma voisine se doutant que mes repas n'étaient pas variés, me proposa de la morue qu'on lui avait apportée et dont elle ne voulait pas. La perspective de manger autre chose que du pain me remplit de hâte de la cuire. Je la regardais se dessaler, mais au bout d'un moment, trop court, je la fis cuire. Alors, les trois jours qui ont suivi m'ont fait souffrir terriblement de la soif. Ce fut une leçon cuisante.

MICHEL

Mais revenons à Michel. Il est venu souvent me rendre visite, comme il l'avait promis. Un samedi soir, il m'a dit être invité chez des amis et m'y a emmenée. A la fin du dîner, son ami a dit : « nous allons boire un punch au Mefisto, Bd St-Germain, où ils sont délicieux ». J'ai bien protesté, mais je suis partie avec eux et nous sommes arrivés au Mefisto, très beau bar, en effet. Les punchs au lait glacé, délicieux, diaboliques, fruits de toutes les tentations, plus encore, le bal où nous sommes allés danser, le rythme de la biguine, les bras autour de moi, noirs, solides et protecteurs pour me faire perdre la tête.

J'étais déjà toute à lui, ma poitrine contre la sienne, mes poumons respirant par les siens. Une nuit d'amour et tout devenait merveilleux, la vie, le bonheur, le désir, tout ce que je n'avais pas encore connu. Malheureusement, le matin efface les rêves de la nuit, mais j'ai reçu un pneumatique, appelé un petit bleu, avec des « Je t'aime, je t'aime » et je reperdis la tête qui commençait à se reprendre, et ce fut pour toujours. Et tout s'est enchaîné, la grande amitié à travers la musique et la découverte de l'amour que je portais, sans le savoir à cet homme. Je suis devenue sa maîtresse, nous nous rencontrions à Paris dans un petit hôtel rue Git - le- Cœur, tous les samedis à son retour de St-Leu. Tout retard était pour moi une torture, mais la porte qui s'ouvrait me remplissait de bonheur, il était là !!!

J'étais déjà séparée de Jean à cette époque, mais j'avais un ami, Raymond, qui était assez aisé, il était propriétaire d'une importante imprimerie à Paris et il savait que j'élevais seule mes enfants.

Il m'invitait à déjeuner dans de grands restaurants tous les samedis et il me prenait la main gauche pendant tout le repas. Il ne me restait que la main droite pour manger.

C'est certain, c'est l'homme qui m'a le plus aimée de tous ceux que j'ai connus. Mais moi pas, j'avoue que je l'ai fait souffrir. Il me respectait trop et puis j'étais folle de Michel ! Il m'a beaucoup aidée financièrement. J'avais une enveloppe bien remplie tous les mois et chaque mois me faisait le détester davantage Pourquoi ? Il ne savait que faire pour les enfants, est-ce cette sorte de dépendance que je ne supportais pas ?

Nos rencontres se sont terminées la veille du Nouvel An, devant un bijoutier célèbre où j'ai refusé un solitaire Pourquoi ?

Par orgueil ? Par besoin de liberté ? Je ne l'ai jamais regretté, je ne suis pas faite pour être entretenue ! Dommage, pas même un baiser n'a été échangé.

Une grande passion efface tout raisonnement !

Mais revenons à Michel.

Un soir, j'avais rendez-vous avec lui au petit restaurant de la rue de la Montagne, il faisait nuit, il tombait une pluie froide, je pousse la porte, mon cœur s'arrête, il n'est pas là. Je me laisse tomber sur la banquette, désespérée. Le patron vient me dire qu'il sera en retard, donc il vient. Je recommence à vivre, la porte s'ouvre et le soleil, le bonheur, l'amour, c'est lui !

L'amour fait faire bien des bêtises, mais aussi bien des kilomètres. Après avoir dîné chez des amis qui habitaient Le Blanc-Mesnil et après que Michel se soit beaucoup moqué des cheveux défrisés de son ami, Pamtob, il décida de rentrer à Paris à pied, sous une pluie battante plutôt que de voyager dans la même voiture que Pamtob. Bien sûr, je l'ai suivi, perchée sur des talons très hauts. Nous avons arrêté un car de police pour leur demander s'ils voulaient bien nous ramener à Paris, ils ont bien ri. Nous avons continué notre route jusqu'au premier café, où enfin nous avons pu nous asseoir et nous réchauffer.

Je garde aussi un souvenir cuisant de la Place des Victoires. En effet, cette nuit-là, en rentrant en voiture très tard et très vite d'une soirée, le virage m'a jetée contre la portière tenue par un gros élastique et j'ai connu la douceur du pavé. Mais je me suis relevée, aidée quand même par Michel, heureusement sans dégâts.

Une autre vie a commencé avec Michel, pleine de bonheur, d'amour, et la peur de le perdre.

Un matin d'hiver, je suis sortie pour acheter de quoi déjeuner, j'ai trouvé un petit chien transi de froid, recroquevillé dans un coin de porte. Je l'ai ramené à la maison, je l'ai réchauffé, et je lui ai donné la moitié de la nourriture de la chatte. Il était très jeune et avait envie de faire des bêtises et de jouer.

Je devais m'absenter souvent pour aller faire les essayages dans les maisons de couture pour lesquelles je travaillais. Avant de partir, je m'évertuais à faire le vide, mais quand je revenais, il avait trouvé de quoi passer son temps. Il grandissait et s'ennuyait à la maison, bien que tous les matins, nous fassions les courses ensemble. Chez la crémière qui était une amie, il volait un œuf, qu'il ne laissait tomber de sa gueule que sur le trottoir où il prenait le temps de le manger. Je l'avais appelé Punch.

Un jour, ma parfumeuse m'a proposé de le confier à ses parents qui venaient de voir mourir leur vieux chien. Ils habitaient en banlieue et avaient un grand jardin. J'ai dit « oui », mais quand ils sont venus le chercher, il refusait de les suivre et ses yeux me suppliaient de le garder. Je l'ai vu partir en se retournant pour me voir encore, et moi, je me suis écroulée en larmes. J'ai su par ma parfumeuse qu'arrivé dans le jardin, il avait beaucoup couru et qu'il s'était arrêté pour me chercher. Il a pleuré, n'a pas mangé pendant trois jours, mais ses nouveaux maîtres l'ont consolé et ils se sont fait aimer. Il a été gâté et heureux.

Mais moi, personne ne m'a consolée et j'y pense encore !

En 1954, tous les samedis étaient jours de bonheur autour de la fontaine St-Michel, et dans les petites rues où s'agglutinaient tous les restaurateurs. Nous nous y retrouvions avec beaucoup de plaisir, de plaisanteries et de musique. Nous ressortions, les odeurs de fritures collées à nos vêtements, mais nous étions bien loin de ces problèmes. Ce qui comptait, c'était l'amitié, l'amour, la danse.

Comme il est loin ce temps perdu à jamais et comme nous avons bien fait de le vivre. Notre port d'attache était chez Angèle, une Antillaise pas très jeune, mais qui travaillait beaucoup. Nous étions un peu chez nous et nous la payions quand nous le pouvions, nous l'aidions à faire la vaisselle et à éplucher les légumes, ce qui ne remplissait pas sa caisse évidemment. Il faut dire que nous étions terribles !

Du samedi au dimanche, nous étions au Blomet. C'était le premier « bal nègre », ouvert à l'arrivée des premiers Noirs, dans un café billard. C'était le point de rendez-vous des nouveaux arrivants noirs dans la capitale

Ce bal avait un succès fou, surtout du samedi au dimanche soir. Et pas seulement auprès de la population noire, mais aussi auprès de nombreuses femmes blanches de tous les âges et toutes les conditions. Riches, pas riches, vieilles commerçantes, venues chercher les beaux jeunes gens et la danse. Déjà des cougars ! Et toutes amoureuses ! Bien sûr, il y avait beaucoup de bagarres mais surtout de la joie, de la musique et de l'amitié. C'était une atmosphère inconnue en France. En sortant, vers quatre heures du matin, le boucher étant déjà au travail, nous faisions nos courses pour la semaine et nous rentrions, en principe, nous coucher.

Un soir, vers vingt-trois heures, Michel n'était pas rentré comme d'habitude. Sans réfléchir, je m'installai au bureau en plaçant devant moi, un plan de Paris, un annuaire et le téléphone près de moi. Et puis, sans en avoir conscience, j'ai compris à quel endroit il était. J'ai téléphoné et en effet, il était où je l'avais situé. L'important pour moi était de le trouver, je ne me suis pas posé de questions sur la manière dont j'y étais arrivé. La dernière fois, j'avais eu peur de me tromper, car je le situais rue St-Jacques, tout près de la rue des Ecoles, où il n'y avait aucun café ou boîte qu'il avait l'habitude de fréquenter. Je me suis fait accompagner par la femme d'un ami que j'ai récupérée rue Monsieur le Prince où elle habitait. En arrivant rue St-Jacques, nous avons vu un attroupement, donc il devait être là, pas d'erreur, il était là, répétant Don Juan avec François Perier. Me voyant, il eut un sourire amusé mais très étonné. C'est bien plus tard que je me suis étonnée moi-même, en cherchant à comprendre de quelle façon, j'étais arrivée à le retrouver. La passion, peut-être.

Manuella était une jolie fille que j'avais rencontrée, elle était serveuse dans un bar américain, rue Etex. C'était un bar d'hôtesses où les hommes solitaires pouvaient venir se distraire, passer un moment, danser et consommer du champagne en compagnie d'hôtesses payées au bouchon.

Michel étant la plupart du temps à la Martinique, bar antillais, rue de Richelieu a jouer au poker, où je l'accompagnais rarement, Manuella me proposa de venir travailler avec elle, ce que je fis ! Pour mon plaisir de la danse et de la conversation. Là, j'ai rencontré un journaliste du Figaro, qui rentrait d'une expédition au Pôle Nord où il avait fait un reportage sur la banquise et sur les animaux qui y vivent. Il m'a beaucoup intéressée toute la soirée. Il est resté sage et respectueux.

Quelques jours ont passé, Michel l'a appris et a fait irruption un soir pour me faire rentrer rue Vivienne. Assez stupide de croire que c'était de l'amour qui l'avait poussé à remettre la main sur moi, je l'ai suivi.

Je n'ai pas revu Manuella, je le regrette, mais j'étais heureuse d'avoir connu cette ambiance que j'ai toujours aimée.

Nous habitions rue Vivienne dans le cabinet dentaire, au coin de la place de la Bourse. Cette place, si vivante si bruyante le matin, se calmait l'après-midi, et devenait sinistre et mortelle la nuit. On ne peut pas dormir quand on guette un bruit de pas ou de portière de voiture qui annonce celui qu'on aime. Le temps est marqué sataniquement par l'horloge de la Bourse qui sonne tous les quarts d'heure, ce qui prolonge l'angoisse et l'attente. Mon cœur espérait plutôt sa mort que cette cruauté, sachant que je souffrais de l'attendre. Je ne savais pas ce qu'il faisait, où il était, avec qui il était. Au Multicolor ? une salle de jeu ou ailleurs avec une femme ?

Une nuit d'hiver, enceinte de huit mois, ne pouvant pas rester seule, je téléphonai et demandai à Michel de quitter le jeu et de venir près de moi, enceinte de son enfant qu'il désirait tant. Il n'est pas venu et voulant me venger, j'ouvris tous les robinets du gaz et me couchai, heureuse qu'il me trouve morte à son retour. J'étais tellement heureuse de mourir que je n'ai pas pensé à l'immeuble que je pouvais entraîner avec moi. Malheureusement, j'ai commencé à ressentir une souffrance terrible et à entendre des cloches, sans penser que j'étais vivante. Je pénétrai, à un moment trop bref, dans un couloir nuageux, bleu très pale ou je me suis trouvée comme enfouie dans un confort très agréable. Mais je suis de nouveau descendue dans la douleur, où j'ai compris que j'étais à l'hôpital, que j'avais raté ma mort et que j'allais de nouveau vivre ce que j'avais voulu fuir. C'est une femme de ménage qui en passant devant notre porte a senti le gaz et a prévenu la concierge, les pompiers, enfin, tout pour me ramener à la vie !

Un mois plus tard, j'accouchai d'un enfant mort. C'est la sage-femme qui s'est chargée des démarches auprès du médecin légiste qui est venu prendre le corps de mon bébé que je n'ai plus revu.

Je retrouvais goût à la vie dans la souffrance causée à son père.

Le temps a passé, mais Michel n'a pas changé de comportement. Et un soir j'ai décidé de ne pas dormir à la maison, de ne plus jamais rentrer chez nous. Je n'ai pas pris la clé et je n'ai pas regretté cette décision. Je voulais qu'il comprenne bien que j'étais lasse de l'attendre la nuit…

Bien que n'ayant pas un sou en poche, tout en montant le Bd Rochechouart en direction de la place Blanche, je me demandais où dormir, car le froid commençait à mordre, mais mon désespoir était plus fort que la faim et le froid. Tout comme ma décision de ne plus rentrer à la maison, plus jamais !

L'INSOUCIANCE

Je m'arrêtais à un coin de rue pour me protéger un peu du vent quand un homme déjà âgé vint me demander combien je prenais pour monter avec lui. Je ne m'étais pas imaginée que cela pouvait se produire, toute à mon désespoir et à ma solitude. Il me dit gentiment « Viens ». C'était un étranger polonais d'après son accent. Il m'entraîna vers un petit hôtel, me fit entrer et paya la chambre. Je le suivais comme un bon guide. La chaleur de la chambre me remplit de reconnaissance pour cet homme, qui me prit dans ses bras et me pénétra avec douceur. Il m'embrassa tendrement et me tendit un billet que je n'attendais pas, puis partit en payant la chambre pour la nuit. Cet étranger avait compris ma détresse, alors que l'autre que j'adorais, n'avait peut-être pas eu une pensée pour moi.

C'est ce soir-là que j'ai décidé de reprendre ma liberté et de cesser mon esclavage. J'ai décidé de rencontrer un homme à qui je puisse faire confiance.

Lorsque je descendis, le matin après une bonne nuit au chaud, la patronne m'accosta et me proposa de garder la chambre et de travailler à l'hôtel. Je me rendis très vite compte que j'avais là une proposition qui me permettait de ne plus rentrer rue Vivienne. J'acceptais et à partir de ce jour, ma vie s'est écoulée, sans soucis matériels, mais sans l'homme que j'aimais toujours. Il m'a fallu beaucoup de courage, car il est venu plusieurs fois me demander de revenir. A çà j'ai répondu : « je t'ai tout donné, je n'ai plus rien, que des regrets »

Je suis entrée dans le groupe de filles qui m'ont acceptée comme une amie, surtout que pour elles, j'étais la femme du Docteur ce qui m'auréolait d'une supériorité certaine ! Ainsi, nous ne nous sommes pas quittées, ce qui m'a beaucoup aidée à tenir. Merci à toutes !

Rue Belhomme

Rue Bervic

Bd Rochechouart

Bd Barbès

Bd de la Chapelle

Deux années de bonheur, de facilité, d'insouciance !

Le restaurant Chez Sol était notre point de ralliement à l'heure du déjeuner. Nous avions nos places loin des gens sérieux, car nous étions toujours servies par une femme que nous faisions damner, mais elle l'acceptait avec beaucoup d'humour, de gentillesse et avec le sourire. Elle s'appelait Dédée. Ce restaurant se trouvait Bd Rochechouart, plus haut que le magasin Tati et nous profitions de l'affluence des acheteurs.

Le soir, nous allions un peu plus haut, dans un petit Bastringue où un joueur d'accordéon attirait la clientèle, mais ne rendait pas plus raisonnables ceux qui venaient pour, souvent, se battre. Alors, nous partions et rentrions dormir rue Belhomme.

Le matin nous ne déjeunions pas Chez Dupont, un grand café qui faisait l'angle du Bd Barbès et du Bd Rochechouart parce qu'il était trop fréquenté. Nous préférions un petit café très vieux, avec de belles vitres décorées de guirlandes, genre vitrail. C'était un établissement sombre, étroit, seules les trois petites tables et le comptoir le composaient. Il était tenu par deux femmes âgées, habillées de noir, les cheveux tirés, et par leur mère, toujours assise dans un fauteuil au bout du comptoir, un moulin entre les genoux, elle moulait le café et celui-ci nous accueillait par son odeur qu'on a oubliée depuis. Ensuite nous avions droit à deux tartines de pain bien frais et bien beurré. Ces femmes ne nous aimaient pas trop, toujours peur du scandale, mais elles avaient à cœur de bien nous servir, aussi nous leur étions fidèles.

La semaine, Barbès dit le « quartier arabe » était relativement calme. Quelques filles attendaient d'éventuels clients, à la porte des hôtels, ou dans les bars, si on le leur permettait et ceci par tous les temps.

Mais le samedi et le dimanche, les rues étaient pleines d'hommes venus de leur banlieue pour passer la journée à guetter quelle fille passait plus de temps avec son client. Ils attendaient patiemment qu'elle soit libre, pour la faire monter l'escalier devant eux. Un petit instant de bonheur en plus.

Quand la police des mœurs était annoncée par un copain, c'était un envol d'oiseaux pour ne pas aller passer la nuit à la prison St-Lazare. Si les cartes étaient en règles (la visite mensuelle ayant été passée) on ressortait le lendemain matin. Sinon, trois jours après. Mais ces nuits étaient très gaies. On se retrouvait avec plaisir. Certaines jouaient aux cartes jusqu'à ce que la religieuse de service de St Vincent de Paul toujours coiffée de cette belle cornette demande le silence et éteigne les lumières. Nous étions comme en pension !

Le dimanche une femme algérienne, belle femme, passait parmi nous avec une corbeille remplie de colifichets, de petits bijoux, des petites bouteilles de parfum et des bas, les collants n'existaient pas encore. Nous l'aimions bien, elle faisait facilement crédit à celles qui n'avaient pas encore « dérouillé », ce qui signifie qu'elles n'avaient pas encore eu de client. Ce jour-là, nous mangions des sandwichs pour ne pas quitter nos places. Celles qui étaient « maquées » voulaient être les meilleures pour rapporter un maximum à leur « protecteur », surtout quand elles étaient plusieurs à avoir le même.

J'ai voulu recommencer ma vie dans ce coin singulier de Paris qui ressemblait à un village où tout le monde se connaissait, s'appréciait ou pas, mais où la solitude et l'indifférence n'existait pas. Mais, je ne peux pas oublier la suite.

Ce fut bientôt la guerre entre police et agent du FLN. Et là tout devint différent et difficile à vivre. Les attentats dans les commissariats étaient punis très durement, la police arrêtait tous les basanés de quelque pays d'Afrique du Nord que ce soit, sans chercher à les identifier. La Tunisie étant déjà libre et le Maroc n'ayant été qu'un protectorat, seuls les Algériens avaient une cause à défendre. On emballait tout le monde, et tous étaient parqués dans le centre de tri de Vincennes. Les non-Algériens étaient libérés de suite, et les Algériens étaient là pour trois jours. Beaucoup perdaient leur travail, les patrons étant las de leurs absences répétées. C'est à ce moment-là que j'ai connu Baroudi et que j'ai épousé sa cause.

Baroudi

Il montait la rue Bervic, grand, beau, souple, un beau sourire sur le visage, séducteur, mais qui cachait beaucoup de violence. J'ai été séduite par cette violence qui protège notre vie et nous fait vivre intensément. Et avec lui, tout a été différent. Il avait beaucoup de sérieux, beaucoup d'amour à mon égard et beaucoup de courage aussi.

Baroudi, Baroudi, que sommes-nous devenus ?

« Tu m'as trouvée belle, et tu m'as voulue pour toi, à toi. Je l'ai été pendant près de cinquante ans, découvrant ton courage et tes faiblesses. Je t'ai soigné toute notre vie comme un enfant ».

Il est né à Oran d'une famille pauvre, n'a pas fréquenté l'école. D'ailleurs, personne ne l'y a poussé. Il préférait nager dans le port avec ses copains oranais ou espagnols, Oran étant devenu depuis la guerre d'Espagne une demi-colonie espagnole. La famille de Baroudi n'était pas nombreuse ni riche. Le père avait eu le bras droit coupé pendant la guerre de 1914 et on lui avait attribué une place de gardien dans une usine proche du quartier Boulanger. Il est mort dans un accident de la route. Saadia, ma belle-mère, sa femme, a dû trouver de quoi élever ses deux enfants, Kheira et Baroudi. Elle fut matrone et lisait les cartes quand les femmes des alentours voulaient savoir si leur mari les trompaient. Tant bien que mal, Baroudi qui avait 9 ans lorsque son père est mort a trouvé un travail dans une fabrique de limonade, où il devait capsuler les bouteilles. Il y a laissé son pouce droit. Il a néanmoins continué à travailler quelque temps puis a repris les jeux dans le port où il nageait avec les copains. Puis il a eu envie de venir en France où un cousin de sa mère lui proposait de travailler dans le très beau restaurant qu'il avait rue Monsieur Le Prince, près du jardin du Luxembourg.

Il serait vêtu d'une gandoura pour servir le thé à des personnalités. C'est ainsi qu'il a fait la connaissance de François Mitterrand et de Jean Marais. Mais bientôt la révolution l'a intéressé plus que la restauration et il a rejoint les révolutionnaires à Barbès où les algériens formaient un groupe de combattants pour l'indépendance de l'Algérie et contre la guerre qui avait été déclarée au pays pour conserver la colonie riche de son sous-sol. C'est là qu'il m'a connue, brune aux yeux clairs comme il l'avait rêvé. Rue des Petites Ecuries, c'est là que j'ai connu l'amour avec Baroudi. Nous avons déserté Barbès, où nous étions trop connus. Un petit hôtel nous a accueillis, dans cette petite rue qui ressemblait plutôt à une impasse. Nous nous sommes aimés et nous y avons souffert ensemble jusqu'à l'indépendance le 5 juillet 1962.

Baroudi et sa sœur Kheira à Oran

Entre-temps, sa sœur Kheira, âgée de 14 ans avait été mariée à un Bachaga qui avait déjà deux femmes. C'était un homme aimable et généreux avec ses femmes. Quand il a quitté l'Algérie, à la période de la révolution, il n'amènera pas ses femmes, mais les couvrit de bijoux, afin qu'elles aient de quoi vivre en attendant son retour. C'est ce qui a permis à ces trois femmes de vivre confortablement.

Lorsque nous avons décidé d'habiter ensemble, c'est Marie, une très bonne amie qui nous a loué une chambre dans son hôtel rue Belhomme, à l'angle du Bd Rochechouart. Nous étions réveillés jusqu'à minuit par le métro aérien qui passait devant notre chambre, à hauteur de notre fenêtre. Nous déjeunions chez Dupont, puis nous allions à notre travail réciproque, le cœur lourd, en craignant de ne pas nous revoir le soir, car l'imprudence était de marcher côte à côte. Un jour rue Stephenson, une voiture de police bourrée de flics plus ou moins saouls arriva et ils se jetèrent sur nous, mitraillette au poing en nous insultant et rouant Baroudi de coups. Quant à moi, ils se contentèrent de m'insulter, de me menacer et me laissèrent là au milieu de la rue. Après avoir assommé Baroudi, ils l'emmenèrent dans le car avec eux.

Orane, rue Belhomme à Paris

J'entrai dans une colère, dans une rage, qui me fit commettre l'imprudence de me rendre au commissariat des Harkis qui, il faut le dire étaient nos ennemis, les Harkis étaient des Algériens qui s'étaient engagés pour combattre leurs compatriotes aux côtés des Français, et je leur demandai de faire sortir mon mari du commissariat du 18ème arrondissement.

Ils le firent et Baroudi fut libre, mais fâché que je me sois adressée aux Harkis pour lui rendre la liberté, provisoire d'ailleurs, car cette tragédie se reproduisait régulièrement.

Nous vivions ensemble depuis quelque temps quand, un jour, Baroudi, déjà très fatigué, est tombé malade, épuisé par une très forte fièvre et une difficulté à respirer.

La nuit suivante, j'étais étendue près de lui, et il m'a semblé entendre un bruit d'eau dans sa poitrine. Le matin, nous sommes allés consulter un médecin à l'hôpital Lariboisière, où il a été hospitalisé.

Les jours suivants, aucun examen n'ayant été fait, j'ai pris la décision de le transférer à l'hôpital Bichat. A notre arrivée, les deux médecins présents ont immédiatement interrompu leur consultation, pour pratiquer une ponction pleurale sur Baroudi de toute urgence. Ils l'ont gardé quatre mois et l'ont ensuite envoyé en convalescence à Lodève, près de Montpellier. De là, mes voyages par le train de nuit, ma grande tristesse de le quitter après 48h passées à nous retrouver et mes retours seule à Paris. J'étais toujours élégante pour lui plaire et j'avais pris le temps de me faire un très beau tailleur en velours vert foncé, garni de renard roux, pour lui rendre visite. Mais Baroudi me trouvait trop chic pour l'environnement dans lequel il était. Donc, je ne l'ai plus porté !

Ce fut une période très difficile à vivre pour se loger et travailler. Mais nous en sommes sortis quand même. Merci la vie !

Baroudi et des amis à Paris

Baroudi était responsable du FLN, le Front national de libération, créé par Ben Bella depuis l'Egypte, du quartier arabe de Paris. C'est pourquoi, nous avons beaucoup souffert, moi avec lui et pour lui. Son patriotisme consistait à recruter en France des Algériens, punir les indifférents au malheur infligé par la France, organiser des attentats, notamment dans les commissariats, et veiller à ce que chaque partisan paye la cotisation qui aidait à vivre les hommes qui étaient sans ressources.

L'indépendance de l'Algérie est enfin arrivée le 5 juillet 1962 à la suite des accords d'Evian, qui ont été conclus par Ben Bella, qui est retourné en Algérie avec Krim Belkacem et les autres, après leur libération. Ben Kedda avait provisoirement pris le pouvoir, mais il fallait organiser les élections pour désigner un Président ELU.

La guerre a continué à Paris, entre les différents groupes malgré l'indépendance.

Nous avons vécu des moments terribles notamment une nuit où une manifestation devait avoir lieu contre les arrestations, les coups et les disparitions. Nous avons été prévenus par l'hôtelière qui nous logeait et qui était en bons termes avec le sous-préfet que ce serait une nuit de sang, nous avons prévenu tous les hommes et femmes du danger. Le lendemain, on retirait de la Seine 200 corps et presque autant de pendus aux arbres du bois de Vincennes. Ensuite, les Parisiens ont commencé à ne plus être d'accord avec les arrestations, les coups administrés sans raison, Marocains et Tunisiens, tout était bon pour frapper.

La guerre d'Algérie a été terrible pour tout le monde. Le mépris et l'humiliation ont entraîné la haine.

Baroudi est parti pour Oran huit jours avant moi pour retrouver les compagnons avec lesquels il avait lutté et pour les élections. De plus, il n'avait pas vu sa mère depuis dix ans et ce fut un grand bonheur pour elle de retrouver son fils vivant après toutes ces tueries.

Avant que Baroudi ne parte en Algérie, nous avons rencontré pour la dernière fois Michel. Nous sortions de notre studio pour prendre le métro et Michel passait en voiture. Il s'est arrêté et est venu vers nous, et nous sommes entrés dans le café voisin. Michel était dans un tel était d'ébriété qu'il était incapable de sucrer le café que Baroudi lui avait imposé. Et puis, tout en titubant, il est parti en nous disant « Adieu ». Deux jours avant mon départ pour l'Algérie il m'a téléphoné pour me revoir au Mefisto, avec quelques amis, mais il n'est pas venu. Il était parti se tuer sur la route de Senlis. J'ai appris sa mort par ma fille le lendemain, à Oran.

Orane et Baroudi à Lodève en 1962

ORANE

Je suis arrivée à Oran le 18 février 1963, avec pour tout bagage important, Mitzou la chatte. J'ai découvert un pays auquel je me suis attachée immédiatement. Ma belle-mère m'a très bien accueillie, bien que je n'aie apporté aucun cadeau, ni pour elle, ni pour Kheira, sa fille, ni pour Chérifa, sa petite fille, comme le voulait l'usage. Je suis arrivée en plein Ramadan et bien que le couscous ne soit pas un plat qui se consomme pendant ce mois de jeûne, ma belle-mère m'en avait préparé un, comme je n'en avais jamais mangé en France.

Elles habitaient toutes les trois un appartement près du jardin public, un balcon ornait leur premier étage. J'ai été surprise par la décoration des murs, recouverts de beaux tapis, ainsi que le sol. Les sofas faisaient le tour de la pièce. Dans la chambre de ma belle-mère, des coussins ornaient la pièce, et par terre une peau de mouton sur laquelle elle dormait. Elle était très soignée, toujours vêtue de blanc, un turban noué dans les cheveux.

Kheira et Chérifa nous ont laissé leur chambre, mais nous n'y avons dormi que deux nuits. J'avais tellement peur de perdre Mitzou, à cause des portes et des fenêtres constamment ouvertes.

Je suis allée Bd Charlemagne, chez un propriétaire que l'on m'avait indiqué pour lui demander de me louer un appartement. Il a été très étonné, car à cette époque, on défonçait les portes et on s'installait, mais ce n'était pas les manières de Baroudi. Nous avons emménagé Bd de Lattre de Tassigny près de la nouvelle préfecture au 7éme étage et notre vie oranaise a commencé. Nous nous sommes mariés à la mairie d'Oran, le 23 juin 1963. Cela n'a pas été une grande cérémonie. Baroudi avait demandé à quatre de ses amis et des miens de nous accompagner. Nous avons été mariés par le dernier maire français. Ma belle-mère nous attendait et nous avons été accueillis avec les You You de tout l'immeuble. Les femmes européennes étaient appelées les Roumias, depuis la conquête de l'Algérie par Rome. J'étais dons la Roumia ou la femme du motard, au choix !

Oran était une ville où tout se côtoyait, les filles en robes assez courtes et le Haïk porté surtout par les femmes mariées. Le front de mer était une belle promenade, d'un côté, la mer, de l'autre, l'ombre des palmiers. Les maisons du siècle dernier étaient splendides, avec des balcons sculptés et des toits fleuris !

Ce que j'ai particulièrement aimé, c'est le vieil Oran qu'on appelait la pêcherie. De la place d'Armes, descendait la rue des Jardins, la rue la plus mal famée d'Oran et on arrivait sur une place au milieu de laquelle il y avait un grand bassin qui servait de lavoir. Un peu plus loin, près de l'eau, quelques tables où on servait des assiettes de poisson aux clients. C'était un endroit agréable où j'aimais aller de temps en temps.

C'était le vieil Oran, le VRAI !

Il y avait peu de voitures dans les rues, mais des charrettes tirées par des ânes. Ils parcouraient la ville et les gens étaient presque servis à domicile. Le marché nègre était le plus grand marché de la ville. C'était un marché couvert et on y trouvait pratiquement tout ce qu'on venait chercher. Ma belle-mère y faisait son marché, et cela permettait aux voisins et amis de bavarder un peu.

A Paris, j'ai toujours porté des chaussures à très hauts talons, mais les rues d'Oran me les ont très vite fait quitter. J'ai dû m'habituer à de très jolies chaussures plates dit « tchancha ».

Tous les dimanches midi, nous déjeunions chez ma belle-mère et nous devions beaucoup marcher, car ma belle-mère habitait en dehors de la ville, mais cela en valait la peine. Nous nous régalions d'une cuisine simple mais délicieuse que je m'efforce encore aujourd'hui, de faire vivre. Nous passions devant la nouvelle préfecture, devant la brasserie et le cimetière Juif, bien entretenu.

Mariage de Orane et Baroudi, Oran 1963

D'ailleurs un passage de notre vie me revient à l'esprit, la rue Larbi Ben M'Hédi, était l'artère principale d'Oran et nous avions le plaisir d'avoir près de chez nous cette belle cinémathèque remarquable, où nous avons eu le bonheur de voir des films suédois (dont la Source), russes, sud-africains et autres. Quand Baroudi était libre, nous allions à ce fameux cinéma, ce qui nous faisait passer un dimanche agréable.

J'ai immédiatement ressenti une grande sympathie pour Saadia, ma belle-mère. Elle aurait bien voulu que je me convertisse à l'Islam et pour m'en donner envie, elle m'appelait Leila, ce qui déplaisait à Baroudi, donc nous avons tranché et elle m'appelait Lili. Elle ne parlait pas français mais espagnol. C'était plus facile pour moi de la comprendre en espagnol qu'en arabe. Je pense qu'elle m'a aimée d'autant plus que je lui ai ramené son fils.

Ma belle-mère m'a offert une bague venant de sa grand-mère, malheureusement usée, représentant la main de Fatma, ajourée et fragile. Je la porte toujours et l'emporterai avec moi

Quand elle a su que j'avais un petit chat blanc, elle ne m'a rien dit, mais elle est arrivée un jour, un petit chat blanc roulé dans son haïk et heureuse de me montrer que je lui avais donné envie d'avoir, comme moi, un chat. Elle qui n'avait jamais eu d'animal c'était, je crois, me faire comprendre qu'elle m'estimait beaucoup.

Saadia, la mère de Baroudi, chez elle à Oran

Le lendemain de mon arrivée à Oran, Baroudi a rencontré un commissaire de police qui surveillait un déménageur. Il faisait payer des assurances alors qu'il n'avait pas le titre d'assureur. Cet homme, monsieur

Julio, cherchait une secrétaire dactylo, si possible. Je lui ai donc été présentée, alors que je n'avais jamais approché une machine à écrire de près. Je pensais que les touches de la machine seraient dans l'ordre alphabétique, mais qu'elle ne fût pas ma surprise quand j'ai vu que non ! Il m'a fallu du temps, je suis restée cinq mois son employée en tant que secrétaire, dactylo et comptable.

Le midi, pour déjeuner, j'avais pris l'habitude de me rendre dans un café pour y manger un gâteau, mais j'ai très vite compris que les cafés n'étaient pas pour les femmes sérieuses, ayant été abordée carrément par plusieurs clients. Donc, j'ai fait le chemin entre le bureau et la maison.

Il nous arrivait d'aller assez loin, pour remplir les cadres, gros containers, ou les meubles des clients désireux de partir à l'étranger. J'allais alors en camion avec deux chauffeurs et les papiers que je devais remplir selon la destination et le cubage. Nous sommes allés jusqu'à Saïda qui est le dernier village avant le Sahara. Quand nous rentrions à la nuit, il m'est arrivé d'avoir très peur en voyant sortir des fourrés qui bordaient les chemins, de soi-disant femmes voilées qui faisaient du stop, mais qui en réalité ne servaient que d'appâts pour des groupes d'hommes embusqués plus loin, prêts à arrêter le camion, car nous transportions des fortunes bonnes à la revente. C'est dans ces voyages que j'ai vu et surtout entendu mes premières cigognes.

Puis un jour, un client est entré, Monsieur Steiman, directeur des chemises Depary, installé dans l'ancien mess des officiers français. Il cherchait une secrétaire et me demanda de venir travailler pour lui. Peu de temps après, lui et les autres employés sont rentrés en France et je me suis retrouvée seule. Du ménage à la comptabilité, j'ai assuré de mon mieux. Mais j'avais fait des progrès en dactylographie !

Ayant quitté cet emploi, j'ai loué une boutique rue de l'Artillerie, ou je travaillais difficilement, car les passants entraient juste par curiosité pour savoir ce que je faisais.

Un jour, un bel homme noir est entré pour me demander si je voulais vendre cette boutique. Je lui dis « Oui, pourquoi pas ? Mais il me faudrait d'abord trouver un grand appartement dans lequel je pourrais habiter et recevoir mes clientes ». A ma grande surprise, il me répondit « J'ai un ami guadeloupéen qui va laisser son logement. Il est juge au tribunal de grande instance et il est muté à Nouméa. Si vous voulez bien, je vous le présente. Il vous laissera son appartement et je prendrai votre boutique ». C'est une méthode qui va vous sembler informelle, mais à Oran, cet échange est tellement habituel.

Le soir même, je suis allée visiter l'appartement, magnifique. Je l'ai perdu depuis, mais si je n'avais pas pu y habiter, je l'aurais beaucoup regretté. Mon mari était à Alger, aussi, c'est moi qui ai fait les démarches pour l'occuper. Ce qui s'est avéré plus compliqué que je ne l'aurais imaginé. Il s'agissait d'un logement de fonction qui appartenait au gouvernement et dépendait de la préfecture. Le juge ne m'avait pas dit qu'il s'agissait d'un logement de fonction.

Après bien des difficultés, j'ai enfin pu obtenir l'autorisation d'habiter ce bien vacant et d'y être locataire.

Baroudi était à l'école de police d'Alger quand le renversement de Ben Bella par Boumediene s'est produit.

Boumediene avait enfermé tous les élèves des écoles de police pour éviter une révolution. Baroudi faisait partie de ceux-là et c'est par la radio que lui et les autres ont appris ce qui s'était passé, moi aussi d'ailleurs.

Baroudi à l'Ecole de police d'Alger

La radio annonçait qu'Oran était à feu et à sang et habitant près de la préfecture, j'ai pu constater que nous étions entourés par un cordon de militaires en armes qui ne sont partis que le lendemain matin.

Mon mari était très inquiet, car nous n'avions aucun moyen de communiquer. Il a été libéré le lendemain.

Le calme était revenu dans le pays. Houari Boumediene a pris le pouvoir officiellement et instauré le régime socialiste qui convenait à la situation, selon moi. Personnellement, je n'en ai jamais souffert, nous avions l'essentiel et c'était l'essentiel.

Nous voulions que Baroudi soit nommé à Oran, mais sans le soutien de Ben Bella notre projet était compromis. C'est alors qu'on m'a conseillé de demander un rendez-vous à madame Sandouk, belle-mère du ministre de la Justice à Alger. Ce que je fis et elle accepta de me recevoir. Le ministre était là avec la fille de madame Sandouk, sa femme. Ils m'ont extrêmement bien reçue et la semaine suivante Baroudi était nommé au Commissariat Central d'Oran. Pendant ma visite, je leur ai dit que j'avais fait de la haute couture et elles ont sauté sur l'occasion pour me demander deux robes pour une cérémonie qui devait avoir lieu à Alger, ce qui m'a amené de nombreuses femmes de ministre et de son entourage.

J'ai dû former rapidement quatre jeunes filles, douées d'ailleurs, et j'avais une réputation telle que je commençais à six heures du matin pour préparer le travail de la journée, jusqu'à, parfois, vingt-trois heures. Mais j'étais heureuse de pouvoir faire des merveilles pour de très jolies femmes. Etant souvent seule, leurs visites me comblaient, car Baroudi faisait partie de l'escorte présidentielle de Boumediene et était souvent retenu. C'est ainsi qu'il a pu escorter de nombreux présidents étrangers, notamment le président Russe Nikolaï Podgorny et surtout Fidel Castro. Sa visite a été l'occasion d'une journée inoubliable. Oran a vécu le jour et la nuit, dans la musique et la joie, comme on pourrait l'imaginer, à Cuba, les jours de fête. Même le carnaval ne doit pas être aussi merveilleux. Ajoutons les fantasias et cela donne une idée de l'ambiance. Je suis heureuse d'avoir connu ça.

Nous avions fait la connaissance de deux instituteurs français qui étaient à Oran au titre de la coopération. Ils ont donné de très bonnes leçons d'orthographe à Baroudi qui a toujours cherché à s'instruire. Ce fut une excellente chose, sinon je pense que nous aurions fini par divorcer tant nous nous mettions, l'un et l'autre en colère, pour les accords du participe passé qu'il n'accordait pas.

Escorte du Président Fidel Castro à Oran

Président Nikolaï Podgorny saluant la foule à Oran

Et puis il y avait mon ami Francis Dumont, pianiste, professeur de piano et très malheureux à chaque rupture sentimentale, nous nous entendions pour rire beaucoup. Baroudi restait imperturbable devant nos rires. Comme Francis était seul, il déjeunait souvent chez nous, c'était un peu comme notre frère, il a été très précieux dans certains de nos moments difficiles, pour moi comme pour mon mari. Il avait un jumeau qui avait disparu et malgré toutes les demandes et recherches qu'il avait faites, il ne l'avait jamais retrouvé. La dernière fois qu'il avait été vu, c'était en Afrique noire où il avait vécu en compagnie d'une femme blanche.

Les Oranais sont des gens accueillants. Comme j'ai été heureuse de les connaître !

J'ai aussi connu, Paulette, elle travaillait à la bibliothèque franco-algérienne et nous nous sommes connues grâce à nos chiens, sa chienne s'appelait Elsa et elle l'adorait. C'était une femme style gendarme, qui était partie en Amérique en 1945, où elle a vécu et s'est marié avec un militaire américain. Son mari mort, elle avait décidé de rentrer en France où elle a décidé de mettre une petite annonce pour retrouver un homme. Celui qui l'a contacté remontait d'Afrique où il avait une petite affaire. Ils ont donc décidé de se retrouver à Oran et de s'y marier pour y vivre.

Nous sommes devenues amis et je lui ai présenté Francis avec qui elle s'est tout de suite bien entendue, d'autant plus que Francis faisait beaucoup de pâtisseries et qu'elle était très gourmande ! On aimait bien être avec elle, qu'elle vienne chez moi, car elle était facile à taquiner, surtout sur la blancheur de sa culotte, sur laquelle Francis s'extasiait en lui demandant le nom de la lessive, alors que nous n'avions qu'OMO, donc pas le choix.

Ce qui m'a beaucoup fait souffrir à Oran, c'est là souffrance des animaux et leur misère. J'y suis devenue encore plus sensible après avoir perdu ma chatte Mitzou que nous avions évidemment emmenée avec nous. Elle s'était fait engrosser par un chat que j'avais recueilli et elle était morte en accouchant. Cela a été terrible pour moi, mais le dernier né était vivant. C'était une petite chatte que j'ai élevée comme un bébé. Je lui ai donné le nom de sa mère. Elle m'aimait, elle aimait les roses, mais sa destinée était écrite. Elle a manqué se noyer dans la baignoire, et puis un soir je l'ai retrouvée sept étages plus bas, la nuque brisée, elle avait sept mois. Moi, c'est mon cœur qui s'est brisé. En lui donnant le nom de sa mère, je lui ai donné la même destinée.

J'ai rencontré un vétérinaire, Monsieur Glubislavitch. J'ai fait sa connaissance au refuge pour les animaux, où tous les mois étaient désignés ceux qui devaient mourir. Cet homme né à Oran et déjà âgé ne faisait pas de sentiments, car tous les jours il était aux abattoirs dont il était le seul vétérinaire.

Mon arrivée à la SPA d'Oran lui a donné un petit coup de main bien nécessaire. Cet homme s'est reposé sur moi. Il me téléphonait pour me dire ce que je devais faire face aux différents ennuis devant lesquels je me trouvais concernant les animaux. Mais un de mes ennuis quotidien était que je lui plaisais beaucoup et qu'il me faisait des avances dont je me protégeais en plaisantant, pour garder ses conseils et ma « chasteté ». J'y ai réussi.

Un jour, j'ai vu arriver une charrette traînée par un âne qui boitait. J'ai demandé à son maître ce qui s'était passé et il me dit : « Il y a trois jours qu'il a mal à une patte ». Je lui ai dit « Il faut aller chez le vétérinaire ». Mais il me répondit « Ma fille, je ne le connais pas et je n'ai pas l'argent pour le payer ».

J'ai donc donné l'adresse du vétérinaire, demandé les papiers de cet homme que j'ai gardés. J'ai téléphoné à Monsieur Glubislavitch en lui disant que je lui envoyais un cas qui me semblait grave. Le charretier y est allé, l'âne est resté trois jours le pied dans un désinfectant, il avait un clou de six centimètres dans le sabot. Quand cet homme est venu me remercier, je lui ai rendu ses papiers en lui faisant promettre de faire savoir aux autres que j'existais.

Puis un jour le vétérinaire est parti et je me suis trouvée seule. Il n'y avait plus de vétérinaire à Oran.

C'est à ce moment-là, alors que je me demandais comment j'allais pouvoir assumer seule le refuge, qu'il m'a été proposé de participer à une émission à la télévision oranaise pour parler de la cause animale. Et c'est ainsi que j'ai pu recruter deux femmes et un homme qui se sont présentés spontanément, ce qui m'a bien aidée.

Ma mission ne consistait pas seulement à soigner les animaux, mais aussi à éviter la maltraitance. J'allais donc presque tous les jours au marché, rue de la Bastille, pour faire en sorte que tous les animaux soient bien traités et que les poules, les lapins ne soient pas tenus par paquets, par les pattes, la tête en bas, ce qui les faisait s'étouffer. Je me présentais avec ma carte SPA et je demandais qu'ils soient tenus différemment en expliquant que s'ils étaient morts, ils ne seraient pas vendables.

C'est dans cette rue que j'ai pris la décision de ne plus manger de viande, après avoir vu égorger un petit lapin blanc dans le ruisseau.

J'ai donné pas mal de corrections à des gamins cruels, mais à mon grand étonnement, ils ne m'en ont pas tenu rigueur, et en grandissant, ils me respectaient beaucoup. Il faut bien comprendre que les animaux n'avaient pas la même valeur que pour nous Européens. Un animal n'est pas utile, hormis les ânes qui servent beaucoup pour le transport des denrées aux marchés et à la famille pour quelques sorties.

جمعية حماية الحيوانات

SOCIETE PROTECTRICE DES ANIMAUX

43, Rue Vieille Mosquée et 12, Rue Boudjellal Ahmed (ex Rue de Nancy Tél 336 51)

— ORAN —

N° 000022 MEMBRE : actif

Mme Zerdani Marcelle.

Rue : 12 Rue Boudjellal Ahmed

Immeuble "Lyautey" ORAN

Le Président

Carte SPA

Encore une histoire me revient…

Un petit âne gris, vieux, épuisé, résigné, les naseaux presque jusqu'à terre, les jambes raides pour ne pas tomber. Il attend, mais il est évident qu'il n'attend pas la charrette qu'il sait ne plus pouvoir tirer, malgré l'encouragement des coups de bâton. Non, il attend que son maître et le maître du cirque voisin se mettent d'accord sur le prix qu'il vaut encore pour être la nourriture des fauves ce soir. Pauvre petit âne, né pour être tué, cuit ou pas, mais mangé sans qu'aucune conscience ne s'offense, sauf ceux qui en souffrent.

L'ordre était rétabli, Oran était de nouveau la ville vivante qu'elle était.

Beaucoup d'artistes sont venus se produire notamment Johnny Halliday, Aznavour, l'Armée Rouge, des danseurs russes et polonais merveilleux. Les instituteurs français venus au titre de la coopération avaient formé des groupes de théâtre avec beaucoup de talent, jouant des pièces modernes « *En attendant Godot* » et bien d'autres. On donnait aussi des concerts où Francis Dumont, mon ami, était au piano. Du sport dans un beau stade, la vie simple, mais belle. Il y avait bien aussi une arène, mais les Espagnols étant partis, il n'y avait plus de corridas, heureusement.

On recevait à Oran le magazine *l'Express*, quand il n'était pas censuré, puis *Elle*. Dans *l'Express*, on nous annonçait la construction de la Géode à Paris, mais malheureusement, sa construction se trouvait sur l'emplacement des abattoirs de la Villette où j'avais vu certains dimanches lorsque nous allions, ma mère et moi, aux 4 Chemins, des troupeaux épuisés entrer pour mourir.

Et puis, une nuit d'été, nous avons été réveillés par le bruit que faisaient les cadres se balançant sur le mur. Nous avons vite compris que c'est l'immeuble qui se balançait, alors là, une terrible sensation d'impuissance nous a envahis. Les cris de terreur montaient de la rue, mais bien inutiles, car où aller ? Nous sommes restés là avec pour seul instinct (ou réflexe) celui de suivre les animaux dans la salle de bain où ils sont tous allés. Nous ne savions vraiment pas quoi faire, alors pourquoi ne pas retourner nous coucher ? Ce que nous fîmes. Inutile de dire que nous n'avons pas dormi, guettant le moindre mouvement ou bruit.

Puis le jour s'est levé, dans un silence de mort. Les martinets, les mouettes et les chiens qui, d'habitude, nous étourdissaient de leurs cris, étaient muets. Alors là, j'ai eu peur. Cette situation ressemblait au tremblement de terre du Maroc, une secousse le soir et le lendemain, la destruction totale de la ville. Alors, toute la journée, j'ai attendu dans l'angoisse. Mais rien ne s'est produit et le lendemain, la vie a repris son cours, sauf pour moi peut-être, car je n'oublierai jamais l'horreur de l'impuissance devant ces catastrophes.

Rue Boudjellal Ahmed à Oran

Un jour je reçois un appel de l'hôpital où mon mari venait d'être admis après avoir glissé sur une plaque d'huile sur le port en escortant le Président Houari Boumediene à un rendez-vous. Je m'y suis rendue sans tarder et j'ai compris que rien de grave ne s'était produit, simplement la fracture du scaphoïde du poignet gauche. Le spectacle valait la peine, mon mari était étendu sur le lit, et autour de lui ma belle-mère entourée d'une bonne douzaine de femmes voilées d'un haïk, et priant. En fin de compte, pour toutes, c'était l'occasion de rompre le quotidien. Voyant que je n'étais d'aucune utilité, je suis rentrée à la maison.

Mais tous les mois, pendant huit mois, je l'ai vu revenir de l'hôpital avec un plâtre neuf. Donc les douches, les shampoings, tout était à ma charge. Alors, j'ai téléphoné à une cliente qui était la femme d'un médecin de la base de Mers El-Kébir, restée française. Je lui ai expliqué la situation, elle m'a passé son mari qui m'a dit qu'il était inutile de faire une radiographie tous les mois ni de plâtrer, car cela ne se ressouderait pas. Si l'on souffre, on opère, sinon tout reste intact. Je l'ai remercié et maudit l'hôpital d'Oran pour tous les efforts qu'il m'avait fallu faire. J'ai eu affaire un autre soir, non pas au médecin, mais au vétérinaire de la Base. J'ai reçu un coup de fil d'un Fella, me disant désespéré, que son chien avait été empalé ; le vétérinaire s'est rendu immédiatement chez le maître du chien qui a été sauvé, après bien des soins. Cette base de Mers El-kébir nous a souvent dépannés pour toutes sortes de choses. Merci à elle.

Après des dimanches enrichis par un film, Baroudi avait la très mauvaise habitude de me raccompagner jusqu'à l'ascenseur de notre appartement, et de me dire : « Je vais voir les copains, je rentre vite ». Mais un jour, j'ai trouvé que je n'avais pas besoin d'être déposée là comme un paquet, aussi je lui ai dit : « Je n'irai plus jamais au cinéma ». Et à partir de ce jour, je ne suis plus allée dans ce lieu qui me procurait tant de plaisir. Je ne reviens jamais sur ce que j'ai décidé même si j'en suis victime.

Dimanche, le cœur lourd...Pourquoi ? Je me sens exilée. Cette chanson triste de Macias accompagnait mon cafard, devant la pluie tombant sur le front de mer. C'est la seule fois que j'ai regretté Paris et ses soirs de pluie. Quelles sont en réalité mes véritables origines ?

Fort Lamoule en Algérie

Mon fils venait en vacances, mais ce n'était pas toujours possible. Alors, d'Oran, je faisais de nombreux voyages pour voir mes enfants à Paris où je restais en principe trois jours.

Une année, Marie m'a demandé si je voulais bien rester quinze jours pour tenir son hôtel rue le Chapelais. Elle m'a un peu convaincue en me faisant comprendre que de cette façon nous aurions de l'argent français. Avec beaucoup d'hésitation, j'ai accepté, le cœur serré, car quitter le pays, les chats, le chien et Baroudi était une grande épreuve. Enfin, je suis arrivée à Paris, désespérée, j'ai pris possession de la chambre où je coucherais, ce qui ne m'a pas consolée et je me suis dirigée vers la place Clichy, près du métro où j'avais rendez-vous avec Jean-Baptiste. Heureusement, car plus j'avançais dans la foule au milieu des voitures, des bus, plus j'avais une envie de disparaître. Comment avoir accepté de venir me perdre ici ? Mon fils est arrivé et j'ai eu le cœur moins lourd, car il était heureux que nous soyons ensemble. Mais moi, bien que je me sois accrochée à lui, j'étais perdue, j'avais tout perdu. Ces jours ont été très longs.

Quand j'ai repris le chemin de l'aéroport, j'étais sauvée. J'allais retrouver ceux que j'aimais. L'argent français m'avait coûté très cher.

A Oran, le soleil fait briller les petits arbres de la terrasse et le vent les fait danser. Il n'y a pas de crépuscule, le soleil, comme un énorme ballon rouge, tombe dans la mer en quelques minutes, celle-ci devient rouge aussi, c'est un spectacle féérique tous les soirs. C'est la nuit, le moment où il faut arroser les fleurs de la terrasse pour leur faire oublier la chaleur du jour

C'est l'heure où pendant le mois du ramadan, on peut enfin boire après la prière et manger en famille et avec les amis. A cette heure-là, c'est la fête, la musique, la danse. La joie est plus forte que la souffrance et les enfants ont hâte d'avoir l'âge d'être eux aussi autorisés à jeûner, ils seront grands cette année-là. Ce seront des hommes.

Le long de la plage des Andalouses, de ravissantes petites maisons dont l'escalier plongeait dans la mer avaient été construites. Je pense au déchirement des Européens quand il a fallu quitter ce pays, car je l'ai ressenti, moi aussi, bien que je n'étais que de passage. Il n'y a pas de bonheur possible, avec ces guerres, je pense aussi à l'Indochine que nous ne voulions pas lâcher, des générations n'ont connu que la guerre et la peur. Comment vivre après tous ces malheurs ? Mal, c'est certain, en se méfiant de tout et de tous.

Pas de main tendue, mais le poing levé, agrémenté d'une arme quelquefois.

Comment ai-je pu suivre Baroudi quand il a décidé de rentrer en France ? Je ne le comprendrai jamais. Quel mystère entoure encore aujourd'hui la décision qu'a prise Baroudi de quitter l'Algérie pour retourner en France ? Je ne saurais jamais, tout n'est que suppositions ! Aucune raison valable n'explique cette décision, ni celle de donner sa démission de l'armée.

Comment n'ai-je pas réagi ? Pourquoi ne pas avoir décidé de rester ? Non, j'ai été inerte, je suis restée inerte, devant ce que je considérais comme une folie. En effet, nous avions très peu d'argent français, aucun point de chute, pas de travail, mais six chats et deux chiens. Ma seule réaction a été de réserver trois voyages pour Orly, car les animaux étaient admis, mais seulement deux par avion. Donc trois voyages. J'ai demandé à mon fils d'héberger les chats en attendant notre retour définitif.

Lors du dernier vol pour Paris en juillet 1973, en partant d'Alger, un autre chagrin m'attendait. Habituellement, pour rejoindre les côtes françaises, l'avion survolait Arzew, le complexe pétrolifère qui avait remplacé un petit village marin que j'avais connu à mon arrivée en Algérie, mais ce jour-là, comme pour me faire comprendre que plus jamais je ne reviendrais et pour me donner l'occasion d'un dernier adieu, l'avion a été dérouté, il a survolé Oran. Nous sommes passés au-dessus de notre maison. J'ai pu apercevoir la terrasse fleurie où nous avons été si heureux avec les chats et les chiens qui étaient comme nos enfants.

Pour moi, cet adieu a été très douloureux, car j'ai compris que plus jamais je ne reviendrais.

Quand j'ai compris que jamais…Jamais, je ne reverrais le pays que j'aimais, j'ai voulu faire corps avec lui et que désormais mon nom serait… **ORANE**

Mais pourquoi ce mystère, ce silence autour de notre départ ? Je n'ai jamais eu une explication valable. Et puis le temps est passé, et ça ne servait plus à rien de savoir.

Nous sommes revenus en France et encore aujourd'hui, je ne sais pas pourquoi.

Nous avons atterri dans une ancienne loge de concierge, Rue de Bizerte, que le propriétaire était arrivé miraculeusement à transformer en appartement. J'ai souffert pour les chats qui avaient quitté le soleil pour atterrir dans cette obscurité. Je me suis empressée de chercher un autre appartement que j'ai trouvé, rue Truffaut, mais je n'étais pas heureuse pour eux. Alors nous avons une fois de plus déménagé et ce n'était pas leur terrasse, mais c'était quand même mieux.

Pourquoi Baroudi nous a-t-il obligés à tous ces efforts et pourquoi l'avoir suivi ? Que de conneries !

Quand nous sommes arrivés à Paris, nous ne reconnaissions pas grand-chose. En effet, nous n'avions rien connu de tout ça et il nous a été difficile pendant quelques jours de bien nous situer.

L'autoroute n'existait pas quand nous sommes partis et bien d'autres choses, par exemple les grandes surfaces. Nous en étions restés aux grands magasins et aux Monoprix. Enfin, au bout de quelques jours, nous nous étions adaptés, tout en regrettant ce que nous avions quitté.

Une amie, Marie, femme très riche d'origine polonaise, avait une grande amie Josette qu'elle avait connue au bal, car les deux aimaient danser. Josette n'avait pas eu beaucoup de chance, elle avait élevé seule son fils handicapé. Pour cela, elle se prostituait rue St-Denis et un jour, elle a pensé que si elle achetait un hôtel qui était à vendre, elle pourrait loger quelques vieilles femmes qu'elles nourrissaient mais qui dormaient dehors.

Tout s'est passé comme elle l'avait voulu et cela a duré six ou huit mois, jusqu'au jour où la police des mœurs a accusé les vieilles locataires de proxénétisme puisqu'elles profitaient de l'argent gagné illégalement. Ils ont emmené ces pauvres femmes dans le car, en laissant leurs animaux recueillis à l'hôtel. La rue entière s'est révoltée, mais rien n'a fait comprendre la générosité de Josette qui s'est vue condamnée à une très grosse amende et à la saisie de l'hôtel. Avec Marie, elles ont placé les animaux, on a remis les femmes dehors et Josette est allée travailler ailleurs.

A mon retour en France, Marie m'a demandé d'être gérante de son hôtel Smart rue Lechapelais. C'était un petit hôtel, au mois, où la plupart des locataires étaient des Nord-Africains souvent Kabyles. Un jour, Marie est venue me demander le service de « tomber » comme proxénète, car la loi de de Gaulle voulait que ces hôtels ne reçoivent pas de rendez-vous, payés ou pas, les femmes étant souvent des prostituées. J'ai accepté, bien sûr, et un soir convenu d'avance, un car de police est venu me chercher sans menottes quand même pour me conduire au Palais de justice afin d'y passer la nuit pour être au plus tôt, interrogée et accusée de proxénétisme.

Marie m'avait procuré un avocat, mais je me suis défendue en disant ignorer la loi, revenant d'Algérie. Je suis restée encore une nuit dans une cellule dépouillée, mais extrêmement propre, ce qui accusait encore plus la solitude.

Le lendemain matin, je suis repassée devant les inspecteurs pour répéter la même chose jusqu'à vingt-deux heures. Là, quand même, on a dû me trouver innocente ou idiote et j'ai été la dernière personne à sortir du palais.

Baroudi m'attendait très inquiet, se demandant si j'allais être libre ou pas. Le seul ennui, car cette aventure m'a fait connaître une chose de plus, mais j'avais désormais un casier judiciaire qui m'interdisait toute responsabilité dans un commerce ou même un simple travail en public. J'ai donc travaillé chez Jean Patou dont je n'ai jamais aimé le style, j'y suis restée quelques jours. Puis, j'ai fait un remplacement d'un mois chez Total. « Secrétaire » d'un homme souvent absent, j'avais la responsabilité de la gestion et de l'expédition des commandes des diverses huiles, surtout vers l'Allemagne. Je réservais un bateau au Havre et informais le correspondant allemand de la date de la livraison. C'est tout ! Le reste du temps, j'aurais pu dormir sur la moquette épaisse jusqu'à l'heure de partir. Il me fallait à ce moment de la journée beaucoup de courage pour entrer à la maison, le manque de travail m'ayant épuisée.

Baroudi, dès notre retour d'Oran, a été employé successivement comme chauffeur livreur chez les vins Vigna et la bière Dumesnil, ce qui lui a permis de connaître de nombreux cafés où il a placé des baby foots, Juke-boxes et flippers. Chose étonnante, par rapport à sa sobriété religieuse.

Un jour Jean-Baptiste s'est mis à tousser. Il a interrompu momentanément les cours de judo qu'offrait le ministère. J'ai compris que malgré son courage, il était très malade. Il est entré à l'hôpital Bichat, pour un prélèvement sous anesthésie, il était très fatigué. A midi, après l'annonce du bon résultat de la numération globulaire, Laure, la fille de mon ex-mari Jean, est venue le chercher.

Le 28 février 1976, il me téléphone, il souffre de nouveau. Le 29 février, il souffre beaucoup, mais somnole. Ce soir-là, il entre à l'hôpital Claude Bernard, Jean, son père reste avec lui. Les trois jours suivants, il souffre beaucoup. Je l'accompagne chez le docteur Blumenfeld, cela n'arrange rien.

Le 8 mars, il entre à l'hôpital St-Lazare dans le service du professeur Israël. Le matin, Rosuel, le guérisseur, lui a fait porter deux litres d'eau qu'il avait travaillée, il a enfin pu boire. Le traitement commence, mais la douleur est là.

Le 10 mars, il ne souffre plus et dort. Il saigne un peu du nez et de l'œil, il se lève souvent pour aller dans les toilettes s'asperger d'eau froide.

Le 13 mars, les saignements sont devenus constants, l'œil n'est plus qu'un caillot de sang et cela n'arrête plus, malgré les pansements compressifs.

La nuit du 13 au 14 mars a été très mauvaise. On transporte Jean-Baptiste à Lariboisière puis à Necker pour les mèches. L'après-midi du 14, il a été encore plus fatigué.

Maryse sa petite amie et Baroudi le quittent à 19h30. Il demande des oranges et du lait très froid, pour que je les lui apporte le lendemain matin.

Il est parti dans la nuit, je n'ai plus de fils, mais il est en paix et peut dormir tranquille !

Je n'ai plus de fils !

A mon fils, Jean-Baptiste,

Je montais les six étages essoufflée, je frappais, la porte s'ouvrait et Jean-Baptiste me prenait dans ses bras. Nous étions réunis après deux ans d'absence.

Une musique de tambours et l'enchantement, la joie. Deux ans de silence avaient cessé ; jusqu'à la dernière minute nous ne cesserions pas de nous comprendre. Le destin allait faire que j'allais me rapprocher de plus en plus de l'être qui devait disparaître, afin de m'arracher le cœur. Ce serait une punition que de ne pas avoir su l'aimer plus fort, beaucoup plus fort.

Mon pauvre petit gars, après tant d'années de lutte, tu as bien droit au grand repos.

Mais tu dois souffrir de la solitude dans laquelle je me trouve.

Peut-être as-tu pitié de moi, car je n'ai personne qui puisse m'écouter, alors je me tais et je t'écris.

A ma fille, Nicole,

Ma chère fille, voilà déjà deux semaines que ton frère nous a quittés. Et je pense que c'est sur nous que je pleure, il nous a tellement fait rire, tu te souviens ?

Nous ne connaîtrons plus jamais ça. Il a eu beaucoup d'amis qui lui ont fait aimer la vie.

Il a tellement aimé la nature, la musique, ce qu'il y a de mieux à prendre dans cette vie. Mais je suis quand même heureuse qu'il soit tranquille sans souffrance.

Nicole, garde cette lettre et qu'elle te serve à vivre mieux.

Je sais que la vie nous oblige à travailler, à penser à l'avenir, à faire des économies, mais je t'en prie, apprends à rêver. Oublie tes comptes et ne t'acharne pas comme si nous étions éternels.

La mort peut nous prendre chez elle quand ça lui plaira.

Fais comme ton frère et que son souvenir t'aide à vivre mieux.

Ne l'oublie pas.

Il nous laisse une grande leçon de courage.

Je t'embrasse.

Après la mort de mon fils, je n'ai pas pu revoir Maryse, car il lui avait tout appris et les gestes de Maryse étaient ceux de Jean-Baptiste. Je n'ai pas eu ce courage de la revoir et l'ai souvent regretté. Il n'avait jamais envisagé de se marier, ni d'avoir un enfant ou un chien, pensant qu'il mourrait tôt.

Baroudi s'était beaucoup occupé de lui, l'a aidé à vivre comme son propre enfant, et de ça, je lui en suis très reconnaissante. Maryse est retournée vivre chez ses parents, mais je ne sais rien d'elle, et me manifester serait peut-être cruel, car je lui rappellerais les jours heureux auxquels moi-même je n'avais pas envie de penser !

La même année, Sled, un chien que nous avions recueilli à Oran, mourra dans mes bras dans un taxi, sans souffrance, il partira sans révolte comme il a vécu.

Gribouille, une petite chatte écaille très bavarde, venue d'Oran, est partie euthanasiée.

Adolphe, chat blanc retiré des mains des enfants d'Oran, a souffert toute une nuit, il est mort d'une crise d'urée, je l'aimais depuis 14 ans. Je lui ai offert la paix.

Une belle année !!!!!

Quand j'ai connu Baroudi, il a évidemment connu mes enfants et s'est tout de suite attaché à Jean-Baptiste, qu'il a aidé par le sport à sortir de l'obscurité. Il était, bien sûr, passionné de musique, mais le cheval, le vélo, la natation et le judo ont complété le manque. Nous avons connu, Baroudi et moi beaucoup de difficultés, de chagrins, de malheurs, mais la perte de mon fils a été pour nous deux une cause de silence, car que peut-on dire qui ne soit superflu après une telle perte ? Bien sûr, ma fille était là, mais sans grands regrets. Toute sa vie sera comme ça, jusqu'au jour où Jean-Paul, son fils aîné se tuera dans un accident de voiture.

La naissance de mes enfants n'a jamais été une grande joie pour moi, mais celle de mon fils m'a punie de toutes celles que j'ai refusées. Aujourd'hui encore, je regrette de l'avoir mis au monde pour lui faire vivre autant d'efforts et de souffrances. Il s'est dépassé, c'est vrai, mais à quel prix ?? Il a été un garçon courageux, aimant la vie, malgré tout, intelligent et plein d'humour. Trois mois avant sa mort, il a obtenu sa ceinture noire de judo en compétition à Coubertin. Il était aussi très bon musicien. La pratique de la musique était essentielle pour lui. Il ne se plaignait jamais, si bien qu'on le considérait comme un voyant. La dernière personne à l'avoir vu vivant à l'hôpital a été son chef.

Jean-Baptiste venait souvent à la maison, rue Jean Leclaire. Si bien qu'après sa disparition, quand l'ascenseur s'arrêtait à l'étage, mon cœur s'arrêtait aussi.

L'INITIATION

Entre-temps, j'ai récupéré mes droits grâce à l'intervention de Marie auprès du Sous-préfet et j'ai pris la gérance du bal le Tango ouvert depuis 1901 dans la rue où j'ai passé mes premières années. J'avais la charge de la caisse, des cinq garçons, des lumières à changer à chaque danse et des caisses que me rendaient les garçons afin que je règle les artistes, un guitariste, un pianiste, un accordéoniste et la chanteuse Simone Réal, qui avait commencé sa carrière à dix-sept ans au Tourbillon à Barbés ; très belle voix et très mauvais caractère. Travail très dur, mais qui m'a permis de supporter l'absence de mon fils, Jean-Baptiste et le silence qui s'est installé avec sa disparition.

La rue Volta protectrice de la plus vieille maison du Moyen Age de Paris et au fond, le Tango une petite partie de ma vie à Paris, grosse angoisse aussi, car cette vie était finie. Plus moyen de rebrousser chemin, obligation absolue d'avancer, pourquoi ? Pourquoi ? Pour qui ? Pour le chien, mais en a-t-il autant besoin que je le crois ou bien est-ce une excuse pour continuer à vivre ?

Baroudi n'a jamais vu d'un bon œil mon travail qui me faisait rentrer la nuit à la maison. Aussi, s'est-il associé à un ami pour prendre un café restaurant Bd Bessières. J'ai donc quitté le Tango pour le café des Sports que je me suis empressée de baptiser « La Licorne ». Servir au bar, c'est se faire des connaissances, la restauration est plus dure, car les gens mangent et c'est tout, aucun commentaire, au revoir et merci.

Orane à la Licorne, Paris

Notre retour douloureux en France n'a pas du tout été inutile. Il nous a fait connaître la grande spiritualité que nous n'avions pas jusque-là. Par une amie, qui avait affaire à lui, j'ai connu Jin Betahar, un soufi marocain, capable de chasser les esprits malsains des maisons, et donc rendre la santé totale à ceux qui avaient été attaqués. Il travaillait de nuit, nu, de façon à ce que les esprits malins, ne l'agrippent par les vêtements. Je lui ai envoyé une autre amie dont le mari mort, voulait emmener la plus jeune de ses filles, qu'il aimait le plus, en lui transmettant la maladie, des ganglions cancéreux à hauteur du cou. Mon amie a pris rendez-vous avec lui et le lendemain, Claudie était vivante et guérie. Il avait bénéficié de l'initiation dans une secte lorsqu'il était très jeune et en était sorti très fort. Quand nous nous sommes mieux connus, nous avons compris que nous pourrions travailler ensemble, au moins un jour par semaine chez lui à Paris, dans le 15ème. Il était débordé par l'étude du caractère et de la personnalité de la personne photographiée. Et c'est ce qu'il m'a confié. Il m'a fait comprendre comment j'avais retrouvé Michel quand j'étais à sa recherche et comment je l'avais situé. Tout est spirituel, tout est possible ou presque, mais il faut tout faire avec passion.

Un jour, je ne l'ai plus vu, il avait disparu. Il écrivait et était édité en Belgique. J'ai contacté la maison d'édition et eux-mêmes ne savaient rien. Je l'ai perdu et je l'ai beaucoup regretté, car il m'a appris sa façon de travailler.

Un jour, j'ai rencontré un homme du nom de Varma, venant d'Inde, qui pratiquait et enseignait l'hypnothérapie. Il traitait par hypnose divers problèmes émotionnels et psychosomatiques ainsi que les addictions, y compris le tabagisme. Baroudi qui voulait arrêter de fumer depuis longtemps a pris rendez-vous avec lui et le soir même, il a cessé définitivement de fumer, après avoir jeté cigarettes et briquet. Par la suite il s'est initié à l'hypnose auprès de Varma.

Nous avons connu Monsieur Endjabal, lors de conférences sur sa pratique de la radiesthésie, l'astrologie et l'art d'appeler les entités divines à notre secours. Nous faisions avec lui une initiation à la spiritualité qui m'a aidée à aider les autres. Nous avons connu, avec lui, la façon de quitter la terre, par de merveilleux rituels à différents dieux, par le voyage astral et pour finir, les rituels de haute Magie. A la fin de chaque séance, on nous distribuait des agapes composées d'un morceau de pain très dur et un verre de vin chaud sucré. C'était une formation très intéressante et pleine de joie pour notre plus grand plaisir ! Monsieur Endjabal avait beaucoup d'humour. Malheureusement, il habitait rue de Richelieu et les loyers étaient devenus si chers qu'il a dû s'expatrier en banlieue, mais je garde un souvenir tendre pour cet homme hors du commun.

Un soir, en quittant Monsieur Endjabal, Baroudi l'a entendu conseiller à un de ses élèves, d'aller à l'Etoile, à l'Ambassade japonaise, où on enseigne par une initiation poussée l'art de transmettre la Lumière Cosmique qui soulage et guérit les souffrances humaines, animales et même les ennuis matériels.

Le lendemain matin, Baroudi s'est présenté au Maître, et lui fit part de son désir de pouvoir soulager les souffrances quelles qu'elles soient. Il fallait pour être initié, être purifié par une transmission, pratiquée par Maître Ogata. Cela se réalisa, aussi incroyable qu'on puisse avoir brusquement ce pouvoir...

Un jour, j'ai accompagné mon mari, pour demander au Maître, si l'on pouvait guérir une femme que j'aidais à vivre. Il m'a dit : « Non, mais vous l'aiderez à mourir sans souffrance ». Merci de m'avoir permis ça et bien d'autres choses. Un grand merci !

Le grand Esprit qui avait permis à maître Ogata d'être l'homme qu'il était se nomme MEISHU-SAMA.

MEISHU-SAMA que l'on peut considérer comme un dieu, nous protège de toutes les misères, si on lui en fait la demande par la prière Amatso Morito, en japonais, par respect. J'ai eu le pouvoir de rendre la santé et le bonheur à ceux qui se sont confiés à moi, en faisant confiance à MEISHU-SAMA.

Le Maître nous a dit souvent « Faites savoir ce que vous pouvez faire, mais n'insistez pas, ceux qui refusent ne sont pas élus, et ne le seront jamais ». Merci est un mot trop faible, mais, un très grand merci quand même !

Ils ont été accusés de secte et ont déménagé souvent et difficilement. Puis ils sont retournés au Japon.

Nous nous sommes trouvés abandonnés. Nous avons perdu nos Maitres, mais ils nous ont laissé leur pouvoir.

Il me reste encore le souvenir de Madame Sind. Elle enseignait Bd de la Gare, à Paris, dans son appartement. Elle m'avait fait une prédiction, pour mon mari et moi, nous voyant grandir par les connaissances qui nous seraient envoyées.

Effectivement, on a beaucoup appris et nous nous sommes beaucoup élevés. Elle nous a fait faire aussi quelques voyages dans le temps et nous a donné une idée de ce que nous avons été. Elle est partie à Toulon avec son petit chien. Dommage !

« Les sorcières », ça existe, j'en ai connu une à Sartrouville où je suis allée par curiosité. Une de mes clientes étant vraiment sous dépendance. Pour la première fois de ma vie, peut-être, j'ai compris que j'étais en danger. Je m'étais frottée à Satan. J'ai vu cette femme se transformer en statue, ses yeux brûlant les miens. J'ai fait appel à Meishu-Sama et Andréa est redevenue vivante. Elle m'a proposé de travailler avec elle et avec Jésus avec lequel elle était mariée. Satan existe, c'est tout ce que je sais.

Ma fille, devant mon grand chagrin en a profité pour me proposer de venir à Semur-en-Auxois où elle habitait avec son mari, d'acheter une petite auberge qui était à vendre et d'y travailler avec elle. Baroudi a donné son accord et nous avons accepté de revendre « la Licorne » pour acheter cette auberge où nous avons donc débarqué avec les six chats et le chien. Mais comme je l'ai dit précédemment, il continuait à travailler à Paris et ne venait à Semur que le samedi soir passer le dimanche avec moi.

Semur-en-Auxois est une ville moyenâgeuse avec un superbe château fort. Les portes de la ville sont toujours intactes. Tout près, se trouve le grand plateau d'Alésia et on comprend en le voyant comment Vercingétorix a pu tenir si longtemps face aux Romains. Et puis une superbe abbaye avec des parquets en rondins qui abrite un petit village qui nous fait revenir bien en arrière.

Orane, au Café de la Gare à Semur-en-Auxois

Je faisais l'ouverture et la fermeture sans aucun ennui, nous étions deux femmes à gérer cette affaire et nous avons toujours été respectées. En hiver, à cinq heures, la neige tombait, compatissante et douce, presque chaude. La place de la gare était déjà pleine de camions qui attendaient l'ouverture du café. Je suis prête comme tous les matins et j'allume la lumière, j'ouvre les portes et c'est une bousculade pour qui sera servi le premier. D'abord le café, la goutte, souvent l'omelette, le sandwich, la bière ensuite un blanc ou plusieurs. La journée commence, pleine de sympathie et de bruit, ce sera comme ça toute la journée jusqu'à 23 heures et on ne connaît pas l'ennui.

Nicole, ma fille a toujours été désagréable avec moi, mais en travaillant ensemble, c'était pire. C'est pourquoi, après quelques mois, je ne supportais plus son mépris et sa façon de me déconsidérer. Une nuit, j'ai décidé de la tuer. Cette décision m'a fait passer une nuit blanche et délicieuse, j'étais le loup qui attendait le jour. Les choses ne se sont pas passées comme je l'espérais, car elle s'est écroulée de peur sous les coups que je lui ai administrés, en me demandant de lui pardonner. J'ai été lâche, car elle le méritait. A partir de là son attitude a changé et les deux années suivantes à Semur-en-Auxois, ont été pour moi un grand bonheur, car les mauvais souvenirs se sont effacés en partie.

Baroudi était fatigué de faire le trajet Paris/Semur, alors, nous avons décidé de vendre le commerce et de revenir en banlieue parisienne. Nous avons vendu l'auberge à ma fille, car c'était une bonne affaire. J'espérais qu'elle s'y plairait autant que moi.

Ce jour-là une grande page fut tournée, jusqu'à quand ?

Orane, Baroudi et Lulu à Semur-en-Auxois

Stalingrad, Convention, Victor Hugo

Nous avons trouvé une maison à Houilles, avec jardin pour les chats.

Baroudi était occupé avec Ben Bella en Suisse, et moi, je ne voulais pas perdre mes chats. J'ai donc demandé à mon gendre que je savais pressé de me voir partir de grillager le jardin afin que personne ne puisse sortir et de ce fait, disparaître. Nous sommes arrivés un soir d'hiver dans un grand fouillis de paniers, de cartons, escortés par les deux chiens inquiets. Il faisait froid, sombre, mais nous étions ensemble. La lutte pour la survie allait commencer et pour les chats la découverte de tous les recoins de la maison et du jardin que j'avais tellement désiré pour eux. Ils allaient connaître l'herbe rare à ce moment et la joie de pouvoir déterrer les oignons de fleurs que je m'efforçais de planter tous les jours.

Le retour dans la banlieue parisienne a été dur, peu de travail, peu d'argent et aucun ami et puis, on est venu me demander des services et la vie a repris son rythme.

Baroudi partait à Paris Bd Ménilmontant où un magasin servait de lieu de rencontre. Plus tard, il a ouvert une société de placement de jeux dans les cafés arabes qu'il connaissait, il était associé mais, ils se sont séparés, car les gains étaient très maigres.

Aussi, ayant toujours désiré être taxi, il s'est fait inscrire dans une école où il est resté pour apprendre tout Paris et ce qu'il contient, comme les rues, les monuments, les théâtres, les hôpitaux, les jardins. Je le faisais répéter trois heures tous les soirs, si bien que j'aurais pu moi aussi être taxi.

Mais je gardais chez moi Madame Troslet, qui avait besoin de moi. Elle était impotente et puis j'avais les chiens à sortir. Donc, je suis restée dans mon cabinet de voyance. Les clients à cette époque étaient très intéressants. Une clientèle portugaise qui venait consulter pour des choses sérieuses, ce qui hélas n'est plus le cas. J'ai donc fait installer une enseigne lumineuse marquant quelles étaient mes activités, j'ai de cette façon été très rapidement connue et j'ai pu être, avec mon mari, utile à beaucoup de personnes, mais tout cela dans une grande diversité de soucis, de santé, d'amour, de travail.

J'ai fait appel quelquefois à mon ami soufi. J'ai beaucoup regretté de l'avoir perdu, mais j'ai remarqué que souvent les gens hors du commun disparaissent comme ça. Sont-ils appelés ailleurs ?

Quand nous avions quitté Semur, j'avais laissé ma voiture, pensant qu'elle servirait à Jean-Paul, mon petit-fils, malgré les mauvais sentiments que nous avions l'un pour l'autre. Mais, un jour, Nicole m'a téléphoné en me disant que Jean-Paul était mort.

Elle lui avait acheté une Polo et il avait raté un virage. Je dois avouer que j'ai eu très peur pour elle connaissant l'amour qu'elle portait à ses enfants. Nous sommes allés à Semur, mais son chagrin était tel que je n'ai pas voulu rester étant incapable d'une quelconque consolation.

Le lendemain, ma mère ne répondant pas à mon appel, j'ai demandé aux pompiers d'aller chez elle. Ils l'ont trouvée par terre. Quand elle avait appris la mort de cet enfant, une commotion cérébrale l'avait terrassée.

L'hôpital l'a malheureusement ranimée. Ensuite elle est venue chez moi, quelques mois, pour mourir sans visage. Un cancer le lui ayant rongé, elle avait un trou à la place du nez, des yeux, des joues, insoutenables à la suite de cette chose horrible.

Après cela, j'ai pensé avoir assez d'expérience pour accueillir des vieilles femmes seules et m'en occuper. J'en ai tiré beaucoup de satisfaction avec certaines. J'en ai gardé trois et puis, évidemment elles sont mortes et j'ai repris la voyance qui est aussi un grand réconfort quelquefois. C'est autre chose…

Houilles a été pour moi, le théâtre d'événements curieux. Le fait que, sans me connaître, je me suis vue choisie pour m'occuper des chats, des vieilles femmes qu'on abandonnait pour partir en vacances. J'ai aussi été témoin de deux meurtres.

Jean-Michel, un homme de cinquante ans, mongolien, qui malgré son handicap adorait lire et aurait voulu des amis et travailler, m'a téléphoné un jour vers 5 heures du matin, affolé, parce que sa mère ne réagissait pas. Je lui ai demandé si elle était froide et il m'a dit oui.

Je lui ai alors conseillé d'appeler SOS médecin. Il m'a répondu non et je l'ai appelé moi-même. Le médecin a appelé la police. Malgré mon témoignage, Jean-Michel a été condamné à quatre ans de prison. En voulant ranimer sa mère, il a fini par la tuer en la secouant trop. Il a été emprisonné à Bois-d'Arcy. Le commissaire m'a demandé si je voulais le numéro d'écrou pour les visites, mais je me suis sentie dépassée et incapable de prendre cette responsabilité. C'est un épisode douloureux de plus dans ma vie.

Un autre Jean-Michel a tué sa chatte et s'est suicidé ensuite.

Pourtant, j'ai la nostalgie de cet endroit, j'avais des responsabilités qui m'aidaient à vivre. Nous vivions dans une maison inondable et souvent inondée, mais je m'y trouvais chez moi et je l'aimais. Nous y sommes restés dix-neuf ans. Nos six chats y étaient heureux dans le petit jardin et les chiens étaient nos enfants…

Baroudi et Lulu à Semur-en-Auxois.

Un grand vent chasse de gros nuages noirs et leur fuite découvre un ciel gris rose. Le jour se lève sur les petits jardins de la banlieue. Des jardins pleins de sortilèges dont le regard de Cajou a gardé le souvenir.

Qu'a-t-il découvert, lui qui ne connaissait que les coussins de la chambre ? La pluie, la terre, l'herbe mouillée, les arbres dans lesquels on grimpe et puis les murs qu'on franchit, les mares d'eau dans le chemin ! Le bonheur !

Cajou, petit Cajou, si tendre, tu ne voulais pas mourir, je voulais te garder, t'aimer encore longtemps, mais ta lutte contre la mort a échoué. Petit Cajou, petit chat noir, je ne t'oublie pas. La maison est déserte, les enfants sont morts.

Les matins ensoleillés et les crépuscules mauves me manquent, plus de réveil et d'heure à guetter dans l'ombre d'éventuelles proies. Les enfants ont quitté la maison, et la maison est triste. L'absence est plus cruelle que la solitude, Katos me l'a appris dernièrement. J'ai su ce jour-là ce que veut dire le cœur qui saigne, qui se tord, qui fait très mal. Comment peut-on survivre à tant d'épreuves ?

Mais bien sûr la résignation n'est pas la vie. Ce soir, c'est le silence à la maison. A cette heure-ci, un petit bruit de porte que l'on pousse se produisait et petit chéri entrait, heureux, confiant.

Je nourrissais les chats qui avaient faim et il y en avait beaucoup, cela m'a permis de faire la connaissance de ma voisine, elle m'a appelée au téléphone, car elle cherchait sa chatte qu'elle n'avait pas vue depuis deux jours, je crois. Je l'ai rassurée, car je la voyais tous les jours quand elle venait manger. Marie-Laure, la propriétaire, jolie jeune femme, agréable, est venue me remercier et me demander de bien vouloir excuser ce dérangement qui pour moi n'en était pas un, j'ai reçu un énorme bouquet de fleurs et depuis, nous sommes heureuses de nous rencontrer quand son travail lui laisse le temps de le faire. C'est une femme pleine de qualités et d'amour pour ses enfants et de dévouement pour les autres.

C'est dans cette maison inondable par l'eau, puis par la boue que Meishu-Sama nous a fait rencontrer Maître Ogata. Ce fut un grand honneur d'être initié afin d'aider les malades à moins souffrir et même souvent à les guérir en recevant la Lumière Cosmique qui appartient à tous. Le temple était une partie de l'ambassade japonaise à l'Etoile. Une cérémonie de reconnaissance avait lieu une fois par mois, le dimanche matin et là nous recevions la transmission de protection dont nous avons tous besoin.

Tout le monde, je suppose, a entendu parler des oies du Capitole, mais pas de l'oie de Léa, ma voisine, une oie très sûre de son pouvoir sur les autres animaux de la petite ferme que possède Léa. Une femme qui savait travailler la terre, car elle y était née. Cette oie s'est entourée pour se promener dans les allées d'un canard et d'une poule, la seule qu'elle tolère, car elle peut être gentille ou terrible selon son humeur, même avec Léa à qui elle ne permet pas de se vêtir de n'importe quelle couleur de vêtement, sinon elle se fâche au point d'arracher le tissu. C'est le commandant de la maison, les chats et les chiens l'évitent sagement, car elle ne plaisante pas, c'est un animal intelligent et courageux. Je suppose que ceux qui se protégeaient par un troupeau d'oies devaient le savoir.

Orane à Houilles

Quelques mois après notre installation à Houilles, j'ai eu rendez-vous avec une jeune femme, très belle, nommée Catherine qui était inquiète pour son travail. Elle était secrétaire dans l'immobilier. Je l'ai rassurée et lui ai annoncé son mariage prochain suivi de la naissance d'un petit garçon qu'elle nommerait David. Elle a ri, en disant ne pas connaître le mari en question, mais je lui ai assuré que si, c'était son patron. Ce que je lui avais prédit s'est réalisé. Elle a épousé son patron et un an après, elle a donné naissance à un petit garçon qu'elle a prénommé David.

Nous avons plaisanté sur ce sujet et Catherine ayant beaucoup d'humour, nous sommes devenues des amies, et nous nous sommes rendus de nombreux services. Elle est partie dans le sud après m'avoir installée dans un logement agréable à Bezons. Car j'ai dû quitter la maison que j'aimais tant à Houilles. Jusqu'ici, nous étions souvent inondés par l'eau des égouts, mais cette fois, c'est la boue qui a bouché toutes les évacuations.

Avec la meilleure des volontés, vivre dans ces conditions était pratiquement impossible. Mais moi, cette maison de la rue Stalingrad était ma maison, J'y ai vécu dix-neuf ans, avec tous les inconvénients, mais je l'aimais et je l'aime encore.

Le lendemain, Catherine me proposait une très jolie maison entourée d'un grand jardin à Bezons. Nous avons déménagé très rapidement.

C'est dans cette maison que notre berger allemand nous a quittés. Nous avions décidé de ne plus avoir de chien jusqu'au jour où, sortant de nulle part, un petit chien est entré dans notre jardin en pleurant. Baroudi et moi avons décidé de le garder et nous l'avons appelé Lulu, comme tous les autres chiens avant lui. Ce nom venait du goût de Baroudi pour les biscuits LU qu'il partageait avec notre chien, aussi il les appelait tous LULU. Je ne savais pas encore à quel démon j'allais avoir à faire. Maintenant, je le sais. Après une jeunesse terrible, attaquer, mordre, déchirer était son plaisir. Il s'est un peu calmé, mais il y a des rechutes. Malgré tout, je l'aime. C'est un malinois. Et puis quoi faire sinon lui pardonner ? J'y suis bien obligée, que faire d'autre ?

Lulu 5 mois, à Bezons

Baroudi a continué le taxi et malgré le loyer élevé, nous avons été heureux pendant huit ans, jusqu'au jour où une grande fatigue l'a terrassé. Nous nous transmettions la lumière, mais le destin est le destin, il est tombé de plus en plus malade, ayant une grande difficulté à respirer, il travaillait un jour sur deux. Sa mère étant morte la même année que la mienne, il n'avait pas très envie de quitter la France, mais il a quand même fait le gros effort de revoir Oran où il est resté trois jours.

J'étais très inquiète, mais résignée, quoi faire ?

Aujourd'hui, il est encore vivant, avant la fin de la nuit, il sera mort.

Ai-je vraiment compté pour lui ? Était-il capable d'amour ? C'est vraiment sans importance, nous seuls, le chien, la chatte et moi nous nous ennuierons mortellement. J'ai appelé le docteur pour le constat, et je me suis recouchée pour la dernière fois près du dernier homme de ma vie.

Le lendemain matin, les Imams sont venus chercher le corps pour procéder à la toilette traditionnelle. Quand mon mari a été drapé de bleu, comme les hommes du désert, je suis entrée dans la pièce où étaient le cercueil et les quatre Imams. Une petite fenêtre permettait que l'on voie son visage. Une cérémonie émouvante et très pure m'a rapprochée de cette religion et puis un Imam a fermé la fenêtre et m'a remis la clé en me saluant.

Je suis partie et Baroudi est parti à Orly pour regagner son pays en me laissant seule avec cette clé précieuse que l'on m'a volée depuis. Mais le souvenir suffit, je n'ai pas oublié.

« Merci Baroudi de m'avoir fait connaître ton beau pays et la générosité que j'ignorais ». J'ai vécu avec toi 49 ans, heureuse et tranquille.

J'ai aimé la Nissan, sa voiture, qui pendant de longues années me l'a ramené à la maison, après, elle est restée sagement dans l'allée du jardin, et quand je l'ai prêtée à Catherine, elle a rendu le service que je lui demandais. Maintenant, comme moi, elle attend sagement la fin de sa vie. Je sais qu'elle est là, un peu comme si elle attendait de repartir, d'être utile, comme moi.

La vie ne s'arrête pas quand on est mort, mais bien avant, quand des bras tendres ne nous enlacent plus, quand des mots d'amour ne nous sont plus murmurés.

Alors, oui, nous sommes morts. Il ne nous reste plus qu'à survivre et à penser à ce qui n'est plus. Sur l'inutilité et la tristesse du réveil. La peur de vivre et de mourir en abandonnant ceux que j'aime et qui m'aiment.

« Tu as quitté la maison, mais pas mon cœur. Dieu nous a fait nous connaître mais ne nous a pas séparés. Tu es toujours avec moi et je ne vis que par ton souvenir. Ne sois pas triste, je m'efforce de ne pas l'être, et je te dis avec amour… Attends-moi. »

Avec la solitude, d'autres soucis sont venus, notamment, le loyer et le reste. J'ai dû quitter cette maison, et encore une fois Catherine m'a fait entrer, toujours à Bezons, dans un appartement qui me semblait déjà connu où une terrasse permet à Lulu et à la petite chatte de profiter de l'extérieur.

J'ai peur de les perdre et je leur transmets la lumière de Meishu-Sama et j'espère qu'il me fera vivre pour eux.

Ils sont mes seuls compagnons depuis la mort de Baroudi.

Je me pose la question : ai-je été aimée par les hommes que j'ai séduits ? Ce soir, j'en doute. Amoureux, oui, mais l'amour comme je l'entends, dans l'impossibilité de vivre sans moi, je ne crois pas, sauf Michel, peut-être. Enfin, cela n'a plus aucune importance.

Ce soir, je regarde la télévision et je souffre pour un serpent dont on a cousu la bouche, pour qu'il ne morde pas ! Et après avoir été montré, servi de collier à des femmes, photographié et rapporté l'argent pour lequel il sert, que deviendra-t-il ? Pauvre bête !

Aujourd'hui, triste journée, ma petite chatte m'a quittée.

« Petite chérie, oui, j'ai bien fait de te soulager de tes souffrances présentes et peut-être bientôt pires !

Mais quel chagrin pour moi et pour le chien.

Tu étais là, calme, mais tellement présente !

Maintenant les fauteuils sont vides, et personne n'attend plus la petite assiette pleine que tu guettais le matin.

Petit à petit la maison se vide et le cœur se remplit de tristesse dès le réveil. Tu as bien fait de te réfugier dans mon garage. Nous avons pu vivre quelques années heureuses.

Mais quel chagrin maintenant, je n'oublierai jamais les autres, tous les autres, mais toi, petite chérie, la dernière de ma vie, je t'emmènerais avec moi, là où j'irai un jour.

Tu viens de partir seule pour ton dernier refuge, mais ne nous oublie pas et dors en nous attendant. »

Petite chérie à Bezons

Et très vite une autre peine m'attendait, un an après, j'ai été obligée de rappeler le vétérinaire pour un autre chagrin.

« Mon bébé, mon chien chéri, quand tu es entré dans mon jardin, rue de la Convention, je ne savais pas qu'aujourd'hui, je pleurerai ton absence. Nous avons vécu des années ensemble, essayant de nous dominer l'un l'autre, mais nous ne nous sommes jamais quittés. Tu es arrivé après une petite chatte qui s'était réfugiée dans mon garage. Elle dormait dans une caisse bien au chaud grâce aux lainages dont je l'avais garnie et elle mangeait les croquettes que tu as découvertes et dont tu as fait ta nourriture. Puis, il nous a fallu partir quand votre maître est mort. Mon chien chéri, tu as eu droit à un petit jardin et une sortie chaque matin avec un voisin. Et puis j'ai dû faire mourir la petite chatte pour qu'elle ne souffre pas d'une tumeur qui poussait sur son cou. Elle nous a beaucoup manqué car nous l'aimions.

Et puis, aujourd'hui, c'est toi qui est parti, comme elle et comme je l'avais souhaité, avant moi, pour ne pas t'abandonner par ma mort. Mon bébé chéri, mon petit chien, tu es venu me regarder pour me dire Adieu.

Je ne peux oublier ton regard et tout ce que tu lui as fait dire. Ce souvenir me fait très mal.

Mon chéri, je ne pourrais jamais oublier ce dernier regard.

Lulu à 13 ans

Mon chien chéri, je me mens, je fais semblant de croire que tu es encore là, que tu vas entrer dans la pièce où je suis. Mais ce n'est qu'un mensonge. Tu as été mon enfant terrible, mais je t'ai aimé comme ça et je t'aime encore pour toujours.

Aujourd'hui, ma pauvre mère, je te demande pardon d'avoir voulu ignorer le grand chagrin que tu as connu à la mort de Wongo, ce chien si tendre avec lequel tu as passé quelques années comme moi avec le mien. Aujourd'hui, je partage ton chagrin que personne ne peut comprendre ! La mort d'un chien. Pardonne-moi pour cette indifférence ! »

« Meishu-Sama, je vous en supplie, permettez-moi d'avoir encore le pouvoir que vous m'avez transmis, je vous remercie pour tout ce que vous m'avez permis de faire avec votre puissance et encore pour quelque temps, ne me laissez pas et pardonnez-moi ce que je n'ai pas pu faire. »

Ce soir, je ne veux pas manger. J'ai honte, et je souffre avec le petit rat qui de l'autre côté de la fenêtre, attend de moi un geste pour faire cesser les crampes de son petit estomac vide.

Je dois faire preuve d'un énorme effort pour le laisser chercher ailleurs avant que l'on vienne le tuer. Pauvre petit rat !

Je ne peux ôter de ma mémoire les souffrances que j'ai dû endurer avec eux.

Que Meishu-Sama m'aide dans les épreuves et me fasse la grâce de l'oubli. Merci pour ce cadeau.

Un rat est entré dans ma chambre,
Il a allumé la lumière, il a arrêté la pendule et renversé
le pot à bière,
Je l'ai pris dans mes bras, tremblant,
Il était chaud comme un enfant,
et puis il a pris un couteau !
C'était un couteau perfide et glacé,
un couteau rouge de vérités,
Un couteau sanglant, sans spécialités.

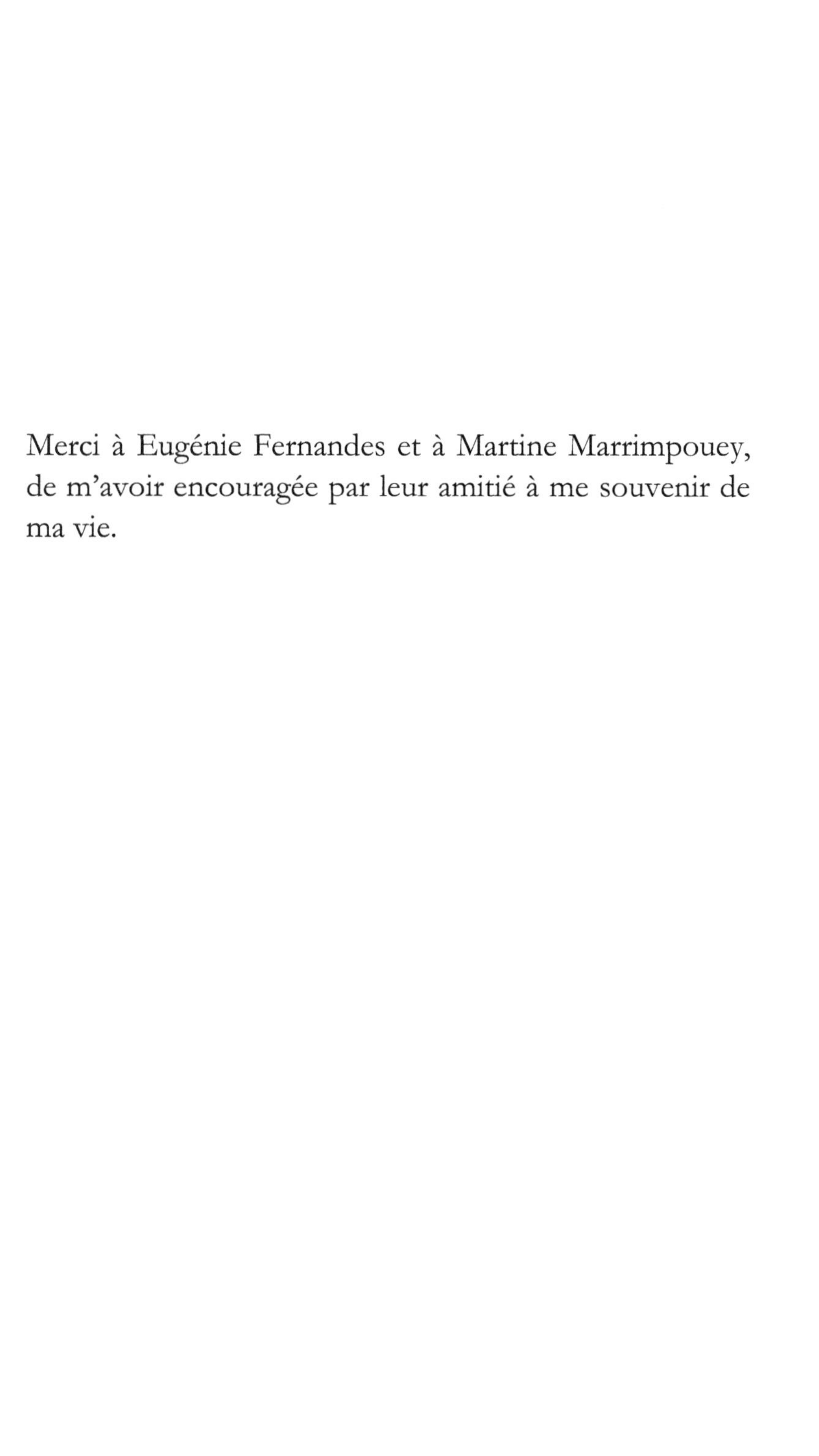

Merci à Eugénie Fernandes et à Martine Marrimpouey, de m'avoir encouragée par leur amitié à me souvenir de ma vie.

TABLE

« C'est un récit touchant et très intime. Des textes fluides qui se lisent facilement et avec beaucoup d'intérêt, comme lorsqu'on écoute les confessions d'une amie très chère.
Un parfum d'été, des rencontres bouleversantes, des amours passés, perdus qui marquent au fer rouge.
Des mémoires avec tellement de détails, qu'on est littéralement transporté aux côtés d 'Orane, qui devient notre amie au fur et à mesure de cette lecture. »

Fabiola Guilloux